KB133321

아기자두와
아기호두의 시

어린이 말 줍줍 에세이

아기자두와
아기호두의 시

맹현 글·그림

작가의 말

아이들의 말을 주워 시를 만나는 시간

첫 아이 아기호두를 낳고 꼼짝없이 집에만 있던 날이었습니다. 한 아침 방송의 재방송이 흘러나오고 있었습니다. TV 앞에 앉아 바운서를 흔들며 아기호두가 잠이 들기를 바라고 있는데, 사회자가 다음 코너를 소개했습니다.

"이번 코너에서는 김용택 시인을 모시고 이야기를 들어보도록 하겠습니다."

김.용.택.

이 세 음절을 듣는데 왈칵 눈물이 쏟아졌습니다. 그리고 펑펑 울어버렸죠. 이유가 뭐였냐고요? 우습게 들릴지 모르겠지만 그 이름을 듣는 순간 김용택 시인이 어떤 감동적인 이야기를 하실 것만 같았고, 저는 감동을 받을 것만 같았기 때문입니다.

호르몬의 교란이 장난이 아니었을 때니 그럴만도 하다고 생각하고 있습니다만, 어쨌든 그날 방송에서 김용택 시인은 이런 말씀을 해주셨습니다. (오래전에 본 방송이라 기억나는 대로만 적어보자면) 본인은 시를 짓는 사람이 아니라고 했습니다. 시골에 살면서 주변에서 혹은 어머니가 하신 말들을 주워서 시를 쓴다고요. 시인이 어렸을 적에 어머니께서 마당에

뜨거운 물을 버릴 때면 꼭 이런 말씀을 하셨다고 합니다. "벌레들아 눈 감아라. 뜨거운 물 가니까 눈 꼭 감아라." 이런 말들을 주워서 글을 쓰니 시가 되었다고요. 그래서 자신은 시를 짓는 사람이 아니라 말을 줍는 사람이라고 하였습니다.

그때 저는 생각했어요. 아! 억울하다. 나는 왜 시골에서 태어나지 않았지? 나는 왜 서울에서 태어나서 저렇게 주워 먹을 만한 아름다운 말을 하나도 갖지 못한 걸까. 아! 그래서 내가 시인이 되지 못했구나. 억울하다, 억울해!

저는 시인이 되고 싶었던 사람이에요. 어린 시절 독서실에서 국어영역 문제집을 풀다가 지문으로 나온 윤동주 시인의 「별 헤는 밤」을 읽고 눈물 콧물을 쏙 빼고는 그 자리에서 결심했죠. 나는 시인이 되어야겠다.

그래서 대학도 문예창작과에 갔고, 전공도 무려 시창작이었습니다. 졸업한 후에도 열심히 시를 썼지만 시인은 되지 못했습니다. 꼬박 10년을 신춘문예에 시를 보냈고, 열 번째로 떨어지던 해에 시를 놓았습니다. 나에게는 시심이 없구나, 10년 동안 짝사랑을 했는데 결국 시가 나를 받아주지 않는구나 하면서요.

그리고 시간이 흘러 내 배로 아이를 둘이나 만들어냈을 때는 참 경이롭고 뿌듯했습니다. 이젠 시인이 되지 않아도, 위대한 작가가 되지 않아도 괜찮습니다. 아이는 그 무엇보다 위대한 창작물이니까요.

아이들의 말이 트이자 쏟아내는 말들이 어찌나 예쁘던지 매일 밤 그 말들을 주워 모았습니다. 주워놓고 보니 김용택 시인이 말을 주워 썼다는 그 시들이 제 주머니에도 있더군요. 이 책에 모은 시들은 저와 아이들의 아름다운 시절에 대한 기억입니다.

육아를 한다는 것은 참 힘든 일입니다. 부모로서 나 자신을 내려놓아야 하는 순간과 마주칠 때면 절망의 감정도 밀려옵니다. 하지만 그 속에도 여러분과 자녀의 보석 같은 시간들이 있다는 것을 잊지 마세요. 이 순간을 놓치지 말고 잘 모아두시기를 바랍니다. 언젠가 여러분과 자녀에게 큰 힘이 될 귀중한 순간이니까요.

세상의 모든 부모들을 응원합니다.

목차

작가의 말   5

1부. 마침표도 쉼표도 없는   14

1.   지구도 안 만들었으면서   16
2.   어떤 솔직함   18
3.   왜병 (Why病, 왜holic)   20
4.   엄마가 아기가 되면   24
5.   옛날에도!   26
6.   우아한 가게와 교양 있는 집   28
7.   오늘의 요리   32
8.   하늘님   34
9.   단백질과 코딱지   36
10. 팬스석기   38
11. 내가 제일 늦게 일어날 거야   40
12. 너에게 배달된 것   42
13. 토핑   44
14. 할구머니와의 대화   45
15. 하늘 나라에 가면   46

16. 가능성 50

17. 마리모 52

18. 어른이 되면 54

19. 제3의 매력 56

20. 달빛 서커스 58

21. 완벽한 도미 요리 59

22. 밥을 줘서 고맙다 60

23. 우동이 먹고 싶어 62

24. 백천 개 64

25. 실속 있는 가출 66

26. 순수의 세계 68

27. 김모 씨 70

28. 노량진 회군 73

2부. 쉿! 비밀인데 엄마는 너희가 키우는 거야   76

1. 최선 78

2. 혼자 가면 어떡해, 같이 가야지 80

3. 말의 느낌 82

4. 나는 왜 살아야 하니? 84

5. Only one 86

6. 올림사랑 88

7. 버린다! 90

8. 매너의 역사 92

9. 부러진 색연필 앞에서 94

10. 꿈마을 97

11. 감기가 나으면 안 좋은 이유　　100

12. 독서란 무엇인가　　102

13. 아빠를 집에 오게 하는 법　　104

14. 우리는 어디에 있었지?　　106

15. 자두를 훈육하자 1　　108

16. 자두를 훈육하자 2　　110

17. 화가 나면 아픈 거래　　111

18. 터살이 하는 날　　114

19. 미안해　　116

20. 아저씨　　117

21. 자기 주도 학습　　118

22. 핑계　　120

23. 이노무 자식　　122

추천의 글 이영숙　　**124**

자두네 집에는요.
여자 어른 자두, 남자 어른 호두,
두 사람의 꼬물꼬물 새끼들
아기호두와 아기자두가
살아요.

1부.
마침표도 쉼표도 없는

수능 시험이 코앞이라 나는 출산 예정일을 앞두고 과외
수업을 하러 다녔다.
마지막 수업 즈음 한 어머니가 이런 말을 해주었다.
"선생님, 아이가 태어나면 전혀 다른 우주에 살게 됩니다.
아이를 낳으시면 제 말이 무슨 뜻인지 알게 될 거예요."
아이가 태어난 후, 나는 거짓말처럼 다른 우주로
순간 이동을 했다. 그 우주에는 마침표도 쉼표도 없었다.

1.   지구도 안 만들었으면서

아침부터 떼를 쓰는 통에, 아침부터 자두에게 꾸중을
듣던 아기호두. 기분이 좋을 리 없는 아기호두가
뜬금없이 한마디 합니다.

아기호두
그럼 엄마가 지구를 만들었냐?

자두
아니. 나 지구 안 만들었는데?

지구도 안 만들었으면서….

하하.

잠시 후, 어린이집으로 가는 차 안.
아직도 기분이 안 풀린 아기호두입니다.

그럼 엄마가 운전을 잘하냐?

아니. 나 운전 잘 못하는데?

운전도 잘 못하면서….
그럼 엄마가 레인지로버 자동차 살 수 있냐?

아니. 못 사는데?

레인지로버도 못 사면서. 그럼 엄마가 돈 많냐?

아니. 돈 많이 없는데?

돈도 많이 없으면서.

자두는 아기호두가 뭐라고 할지 궁금해서, 웃음이
터져나오려는 것을 꾹 참습니다.

그런데 이번에는 아기자두가 한마디 합니다.

아기자두
그럼 엄마, 장난감 두 개 사줄 수 있냐?

자두
아니. 장난감은 한 개씩만 사줄 거야.

장난감 두 개도 안 사주면….
그럼 엄마가 사람을 다 만들었냐?

아니. 엄마가 사람을 다 만들지는 않았지.

우리 둘밖에 안 만들었으면서.

그래, 엄마가 너희 둘밖에 안 만들었지. 하하.

얘기를 듣고 보니 정말 그렇다.
별것도 아닌 엄마가 너희를 혼냈다. 혼낼 자격도 안 되면서 말이다.
너희를 혼내려면 최소한 지구 정도는 만들어야 하고, 이 세상 사람 정도는 다 만들어야 하는데 말이지.
미안. 이제는 정말 항복이다.

17

2. 어떤 솔직함

그림 그리기를 좋아하는 아기자두는 아침부터 그림을
그립니다. 자두가 "이게 뭐야?" 하고 물으니, 아기자두는
"아빠하고 나야."라고 대답합니다.
동그란 얼굴, 뾰족뾰족한 머리카락, 배에 점, 점, 점으로
표현된 털들(^^). 딱 봐도 아기자두 스타일의 아빠입니다.

자두
참 잘 그렸네~

아기자두
(색을 칠하면서 무심히 던지는 말) 그런데
어른들은 왜 잘 못 그렸는데,
잘 그렸다고 해?

누가 그러는데?

엄마가.

엄마가 그래?

응.

왜? 이 그림이 못 그린 것 같아?

응.

음…. 그건 어른들은 그림을 볼 때 눈으로만
보지 않고 마음으로 봐서 그래.

(무슨 말이지? 자두의 얼굴을 빤히 쳐다본다) ….

엄마는 이 그림을 보면,
'아~ 우리 아기자두가 아빠를 그리고
싶었구나.' 하는 마음이 보여. 그 마음이
예뻐서 이 그림이 예쁜 그림으로 보이거든.

(알았다는 투로) 아~~

알겠어?

응!

아기자두는 미소를 머금고 열심히 색을 칠합니다.

아기자두야, 우리는 꼭 눈으로만 뭔가를 볼 수 있는 것은
아니란다.

3. 왜병 (Why病, 왜holic)

어린이집이 끝나고 마을버스를 타고 집으로 돌아오는
길입니다.
아기호두는 눈에 들어오는 바깥 풍경이 모두 새롭습니다.

"엄마, 저건 왜?"

아기호두
(버스 정류장에 있는 의자를 가리키며)
엄마, 저건 왜?

자두
사람들이 다리 아플까 봐, 버스 올 때까지
앉아서 기다리라고 의자를 놓아둔 거야.

왜?

그냥 서 있으면 다리가 아플 수 있으니까.
앉아 있으면 편하잖아.

왜?

우리도 이렇게 버스에 앉아 있으면 다리도 안
아프고 편하잖아.

(지하철역과 연결된 엘리베이터를 보고)
엄마, 저건 왜?

지하철로 가는 엘리베이터야.

왜?

지하철은 땅속에 있는데, 지하철을 타고
가려면 계단을 오르내려야 하거든. 근데
계단을 오르내리기가 힘든 사람들이 있어서
이거 타고 쉽게 가라고.

왜?

다리가 아프거나 휠체어를 타고 다니는
사람이 있을 수 있잖아.

왜?

휠체어를 타는 사람은 계단으로 갈 수가
없고, 다리가 아픈 사람은 계단으로 다니기가
힘들거든.

왜?

다리가 아프면 무릎을 구부리기가 힘들 수
있어.

왜?

할머니나 할아버지들은 무릎에 관절염이
있을 수 있거든.

왜?

다리를 많이 써서.

왜?

할머니 할아버지들은 살면서 다리를 많이
썼으니까.

왜?

오래 사셨으니까.

왜?

오래전에 태어났으니까.

왜?

그게 말이야….

자두의 대답이 막힐 즈음 다행히 버스가 집 앞에
도착합니다. 자두는 아기호두를 냉큼 안고 내립니다.
아기호두는 더 이상 묻지 않습니다.
길가에는 아기호두의 관심을 끌 만한 새로운 것들이 많기
때문입니다.

그래. 너하고 나하고 이렇게 신기할 것도 재미날 것도 없는 이야기들을 두런두런 나누면서,
대단할 것도 그렇다고 소소하다고도 할 수 없는 인생길을 걸어가면 좋겠다.

그러다 보면 '태초에 하늘이 열렸지.'라는 먼먼 전설 같은 이야기에 도달하는 날도 있겠지. 어떤 날에는 어제 먹은 순대에 관한 이야기를, 어떤 날에는 너와 놀기 싫다는 친구의 이야기를, 어떤 날에는 이미 별이 된 네 외할아버지에 관한 이야기를 나누기도 할 거야.

같이 울기도 하고 웃기도 하며 수많은 이야기들을 하늘의 별로 뿌리고 달로 바라보면서 함께 밤길을 걸을 수 있다면 나는 정말 행복할 것 같아.

4.   엄마가 아기가 되면

집으로 돌아오는 길입니다.

아기호두
엄마, 밥을 쪼끔만 먹으면 애기가 되지?

자두
응?

밥을 쪼끔만 먹으면 쪼끄만 애기가 되지?

왜? 누가 그렇게 얘기해줬어?

아니.

그럼 아기호두가 혼자 생각한 거야?

응.

자두는 웃습니다. 아기호두는 밥을 많이 먹으면 키도
크고 몸도 큰다는 말을 떠올렸나 봅니다.

맞아. 밥을 조금만 먹으면 애기가 돼.

그럼 엄마, 밥을 쪼끔만 먹고 애기가 돼봐.

그럴까? 그럼 엄마가 밥을 조금만 먹고
아기가 돼서 앙앙 울면 아기호두가 엄마를
달래줄 거야?

(자신 있게) 응!

그럼 엄마가 혼자서 밥을 못 먹으면 밥
먹여줄 거야?

응!

｜ 그럼 엄마가 쉬-하면 기저귀 갈아줄 거야?

(잠시 고민을 하더니) 아니. ｜

｜ 그럼 엄마가 혼자 못 자면 엄마 업고 엄마가
｜ 잠들 때까지 왔다 갔다 할 거야?

아니. ｜

｜ 왜?

음…. 그건 어려울 것 같아. ｜

｜ 하하하하하.

하하하하하. ｜

｜ 그래. 아기호두가 할 수 있는 것만 해~

알겠어~ ｜

자두와 아기호두는 한참을 웃습니다. 무엇이 그렇게
우스운지 우리는 잘 알고 있습니다.

그래, 아기호두야.
네가 마음 낼 수 있는 것까지만 하면 돼.
나는 그저 지켜봐주는 엄마가 될게.
그리고 우리는 지금처럼 웃으면 되는
거야.

5. 옛날에도!

우리 아기 남매, 겁나게 사이가 좋다가도 금세 손이 콩콩
나갑니다.
무슨 일인지 아기호두가 아기자두를 한 대 때렸습니다.
아기자두는 울음을 터트립니다.

아기자두
으아아앙!

자두
무슨 일이야?

오빠가 나 때렸어!

아기호두야, 말로 하면 돼.
때리면서 말하지 마.

아기호두
….

아기호두야, 앞으로 때리면서 말하지 마.
그냥 말로 해. 알았지?

(눈을 내리깔고) 응.

아기자두야, 오빠가 앞으로 때리면서
말하지 않는대. 약속했어. 이제 울지 마.

(화를 버럭 내며) 옛날에도 때리면서 말하지 마!

그렇지. 옛날에도 그러지 말았어야지.
살다 보면 용서하기 힘든 과거와 마주하기도 해.
용서를 하든 잊든, 시간이 필요한 일들이지.
그럴 때 말이야. 마음은 그렇지 않은데 착하게 굴려고
노력하지 않아도 된단다. 지금처럼 나는 여전히 마음이
상해 있다고 솔직히 말해도 괜찮아.
정말 괜찮아.

마녀와 귀신 (아기자두 作)

6.   우아한 가게와 교양 있는 집

며칠 후면 아기호두의 생일입니다. 생일날 뭐 먹고
싶냐고 물으니 우아한 가게에 가고 싶답니다. 고급
레스토랑을 말하는 것 같습니다. 네 식구의 고급
레스토랑 나들이라……. 비용이 부담스럽기는 하지만
일 년에 한 번 있는 아기호두의 생일이니 가기로 마음
먹습니다.
어디가 좋을까? 자두는 〈서울국제음식 영화제〉
프로그래머인 친한 언니의 SNS를 뒤집니다. 그녀는
미식가이기도 하고 워낙 꼼꼼한 성격이라 훌륭한
레스토랑의 코스 요리를 하나하나 자세히 기록해두기
때문입니다.

> 자두
> (예뻐 보이는 플레이팅을 보여주며) 여기 어때?

> 아기호두
> (한참을 스크롤 하더니) 여기 안 갈래.
> 양이 적어.

> 코스 요리라서 여기 사진에 나오는 거 다
> 먹는 거야. 네가 좋아하는 고기도 나온다.
> 봐봐.

> (스테이크 접시를 보더니)
> 고기가 너무 작아. 안 갈래.

**큰맘 먹고 우아한 가게에 데려가려던 자두는 김이
샙니다.**

> 엄마 고기도 너 다 줄게. 우아한 가게 가자.
> 가고 싶다고 했잖아.

> 아니야. 나 그냥 아웃백 갈래.

알겠어. 그럼 좀 더 고민해봐.

호두
우아한 가게에 가면, 입 주변에 묻은 거
식사 다 하고 마지막에 닦는 거 아니고,
묻을 때마다 (수건으로 입가를 콕콕 찍는
시늉을 하며) 이렇게 닦아야 해.

와, 힘들겠다.

그리고 밥 먹다가 방귀 뀌어도 안 돼.

(두 눈을 동그랗게 뜨고) 으악! 방귀가 나오는데
어떻게 안 뀌어?

**다음 날, 저녁으로 국수를 먹는데 아기호두가 꺼억
트림을 합니다.**

아기호두야. 너 우아한 가게에서는 그렇게
트림하면 안 돼.

(손바닥으로 입을 가리고)
그럼 이렇게 입을 가리고 해야 해?

아니, 입 다물고 소리 없이 해야 해.

(이럴 수가! 잠시 생각하다가)
엄마, 그런데 교양 있는 집에서는 밥 먹을 때 입
다물고 음식을 씹지?

그렇지.

입 벌리고 밥 먹지 않지?

국수를 먹을 때도 교양 있는 집에서는
먹방처럼 면을 왕창 집어서 한입에 다 넣지
않아. 조금씩 입에 넣고 엄청 천천히 씹어
먹어.

**아기호두는 국수를 한입 먹더니 천천히 씹습니다. 정좌
자세도 저절로 만들어집니다.**

(감탄하며)
야, 너 진짜 교양 있는 집 사람 같다.

**아기호두는 기분이 좋습니다. 다시 한번 국수를 집어
호로록 입에 넣습니다.**

그런데 교양 있는 집에서는 면을 먹을 때
호로록 소리를 내지 않아.

왜?

교양 없는 행동이라고 생각하거든.

와! 어떻게 면을 호로록 소리 없이 먹어?

교양 있는 사람들은 그래.

(소리 없이 면을 먹어보다가)
그럼 그릇을 들고 먹는 건 괜찮지?

아니, 우리나라에서는
그릇을 들고 먹는 사람을 거지라고 생각해.

왜?

우리나라에서는 옛날부터 상에 음식을 놓고
먹었거든. 그러니까 그릇을 들고 먹는 사람은
상이 없을 정도로 가난한 사람이거나
거지였거든. 엄마 어릴 때 그릇을 들고
음식을 먹으면 어른들이 너 거지냐고 그랬어.

(신비한 세계를 만난 듯) 아….

또 이거 알아? 영국에서는 교양 있으려면
밥을 먹고 꼭 차를 마셔야 한다고
생각했거든. 그런데 밥을 많이 먹어서 배가
너무너무 부를 때가 있을 거 아니야. 그럴 때
영국 사람들은 빈 잔을 들고 차 마시는
시늉을 했대.

왜? 차를 마시는 게
꼭 교양 있는 것은 아니잖아.

영국 사람들은 그게 교양 있는 거라고
생각한대.

그 나라 사람들 이상해.

다 그런 것은 아니고, 옛날에는 사람들의
계급이 나뉘었거든. 제일 밑에 하층민부터
일반인, 귀족, 왕족 이렇게 계급이 나뉘었어.
이 사람들 중에 귀족과 왕족은 교양 있게
살아야 했어.

그렇구나. (남은 국물을 그릇째 마시려다가
숟가락으로 떠먹는다) 교양 있는 집에 사는 건
너무 어렵겠다.

우아한 가게와 교양 있는 집, 참 멋지고
매력적이지.
사람도 그래. 우아하고 교양 있는 사람
이 참 좋아 보여.
하지만 그만큼 노력은 필요할 거야.
잘해보렴.

31

7.   오늘의 요리

요즘 자두가 주방에 있을 때면 뽀르르 옆에 와 자기도
하겠다고 떼를 쓰는 아기자두입니다. 자두는 어쩔 수
없이 도마도 내주고, 식칼도 내주고, 재료도 내줍니다.
하루는 아기자두가 해보고 싶다는 요리가 있다고 합니다.

아기자두
나, 어린이집에서 만든 음식을 오늘 집에서
만들어보고 싶어. 소시지, 치즈, 햄, 노란
소스로 만드는 건데, 그거 맛있을 거야.

자두
어린이집에서 요리를 했어?

도대체 무슨 소리를 하는 건지 모르겠습니다. 아기자두가
다니는 어린이집에서는 소시지, 치즈, 햄, 노란 소스류의
식자재를 잘 안 쓰거든요.

32

24절기를 챙기고, 전통 놀이와 자연 속에서 아이를
키워내는 어린이집이라 진달래 화전을 만들었다거나,
유자청을 담갔다면 모를까 저런 소리를 하니 통 영문을
모르겠습니다. 하지만 만들고 싶다는데 어쩌겠습니까.
무슨 요리인지는 알아봐야 할 것 같습니다.

엄마는 무슨 요리인지 잘 모르겠어. 그거
누가 알아? 선생님이 알아? 엄마가 한번
물어보고 만드는 것 도와줄게.

아니, 나만 알아.

너만 안다니?

내가 꿈에서 만들었거든.

아하하, 그랬구나. 꿈에서 만들었구나.
무슨 요리인지 정말 맛보고 싶다.

8. 하늘님

비가 내리는 날, 차창으로 하늘을 보던 아기자두가
묻습니다.

아기자두
하늘님은 어디에 있을까?

아기호두
비 위에, 눈 위에, 구름 위에 네가 있다고 생각해봐.

(상상한다) ….

했어?

응.

그게 하늘님이야.

어? 그럼 내가 하늘님이겠네?

아니, 그렇게 생각만 해보라고.

아~!

상상을 하면 아이들은 금세 그 상황 속으로 들어가나 보다.
신나게 괴물 이야기를 하다가도 무섭다며 엄마의 품으로
쏙 들어오는 것을 보면 말이다.
아이들의 세상에는 한계가 없다.

"비는 하늘님의 쉬고, 눈은 하늘님의 똥이래! 엄마도 알고 있었어?"

9.   단백질과 코딱지

코로나19로 아이들을 집에서 돌보는 기간이 길어지자, 자두는 삼시세끼 밥을 차리는 일도 버겁습니다. 그래서 오늘은 점심 메뉴로 쌀국수를 배달시켰습니다. 고기라면 게 눈 감추듯 먹어대는 녀석들이 쌀국수에 있는 고기는 맛이 없다며 먹지 않습니다.

자두
(아이들이 덜어낸 고기를 다시 그릇에 넣어주며)
단백질도 먹어야 해. 그래야 쑥쑥 크지.

아기호두
(고기를 다시 덜어내며) 나는 고기 안 먹어도 돼.

왜?

나는 코딱지를 먹으니까 괜찮아.

?

할머니가 그랬어. 코딱지도 단백질이래.

아기자두도 거듭니다.

아기자두
맞아. 할머니가 코딱지도 단백질이라고 그랬어.
그래서 우리는 고기 안 먹어도 돼.

맞아.

하긴, 아기호두 어릴 때 코딱지 많이 먹었지.

나 지금도 먹어. 맛있어.

(정말이니. 초딩아?) 그… 그러니…?

맞아. 코딱지 맛있어!
근데 코피 코딱지는 맛이 없어.

일반 코딱지와 코피가 굳은 코딱지의 차이를 아는 너의
입맛이란…. 어이도 없고, 말문도 막힙니다.

엄마도 코딱지 먹어봐. 맛있어.

싫어. 난 코딱지 안 먹어.

그럼 엄만 단백질 먹어야 하니까 우리 고기 먹어.
우리는 코딱지 먹으니까 안 먹어도 돼.

자두의 접시에 고기가 그득 쌓입니다.
단백질 문제는 이렇게 해결됩니다.

코딱지가 단백질인지는 잘 모르겠다.
그런데 너희 말, 묘하게 설득력 있다.

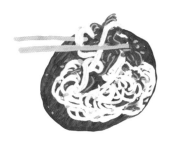

10. 땐스석기

2020년 여름에는 학교도 제대로 가지 못하고 방학을
맞았습니다.
아기호두의 담임 선생님은 그림일기 쓰기와 책 읽기를
방학 숙제로 내주었습니다.

> 자두
> 숙제하자. 무슨 책을 읽을까?

아기호두
몰라.

> 오늘도 역사책 읽는 것 어때?

(흔쾌히) 좋아!

그럴 줄 알았습니다. 어린이집 시절「한국을 빛낸
100명의 위인들」노래를 달달 외운 후로, 역사를
좋아하게 된 아기호두니까요.
자두는 책을 펼칩니다. 신석기시대를 읽을 차례입니다.

> 신석기시대는 말이야, 간석기를 만들어 썼어.
> 구석기시대에는 뗀석기를 썼었잖아.
> 기억나지? 돌을 딱딱한 곳에 쳐서 떼어내고
> 필요한 모양을 만든 석기 말이야.

그래?

아기호두가 갑자기 춤을 추기 시작합니다.

그럼 땐~석기는 이렇게 춤을 추겠네!

> 무슨 말이야?

땐~스석기라며?

| 댄스가 아니고, 뗀, 석기라고.

그래, 땐스석기~ |

| 댄스석기가 아니라 뗀!석!기!

그러니까 땐스석기~ |

어느새 아기호두는 무아지경에 빠집니다.
역사책 읽기는 이렇게 끝났습니다.

그러고 보니 '뗀'의 끝소리 ㄴ에서 '석'
의 첫소리 ㅅ으로 넘어갈 때 '스' 발음
이 나는 것도 같다.
뗀석기든, 땐스석기든 무슨 상관인가.
역사 공부가 재밌으면 됐다.

11. 내가 제일 늦게 일어날 거야

내일은 토요일.
공동육아 가족들이 모여 국사봉 탐험을 하기로 한
날입니다.
본능적으로 불금을 아는지, 잘 생각이 없는 아이들
때문에 자두는 내일 아침이 걱정됩니다.

> 자두
> 얘들아, 우리 오늘은 일찍 자자.
> 내일 10시까지 모여야 하거든.

> 아기호두
> (순순히 따르며) 알겠어. 그럼 빨리 자자.

> 그래. 불 끈다. 누워!

> (이불을 덮으며) 근데 엄마,
> 내일 아침에 내가 제일 늦게 일어날게.

> 왜?

> 내가 제일 늦게 일어나서
> 다 일어났나 안 일어났나 보려고.

> 아하하…. 그래.
> 아기호두가 제일 늦게 일어나렴.

> 가끔 네가 농담을 하나 싶을 때가 있어.
> 그럴 때는 네 눈을 보면 된다.
> 웃음기를 숨기지 못하고 반짝반짝 흔들리는 눈빛과
> 나를 빨아들일 듯 깊어지는 진지한 눈빛을 구별하기는
> 쉽거든.
> 오늘 너의 말은 진심이구나.
> 나는 웃지만 말이야.

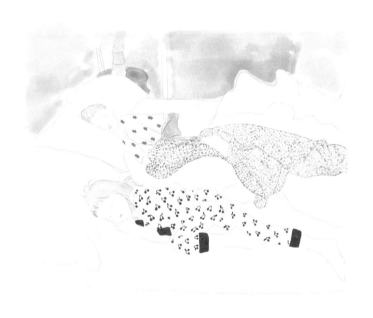

12. 너에게 배달된 것

아기자두와 앤서니 브라운의 『기분을 말해봐!』를
읽습니다.

| 자두
| 너는 어떨 때 슬퍼?

아기자두 |
나는 엄마가 슬플 때. |

| 엥? 그럼 어떨 때 기뻐?

엄마가 기쁠 때. |

| (이런이런) 아기자두야, 엄마가 슬퍼도
| 네가 슬프지 않으면 안 슬퍼도 되고,
| 엄마가 기뻐도 네가 기쁘지 않으면
| 안 기뻐도 돼.

아니, 엄마가 슬프면 그게 |
나한테 배달이 돼. |

| (미소 짓는다)
| 엄마 감정이 전달이 된다고?

아니! 배! 달! |
택배처럼 배달이 된다고. |

| 그랬구나. 엄마 감정이 배달됐구나.

생각해보니 그렇다. 타인의 감정은 배달된다.

그러니 누군가의 감정을 받아주기 힘들다면 부재중일 때처럼 받지 않아도 괜찮다. 초인종이 울려도 나가보지 않아도 괜찮다.

혹여, 네 것인 줄 알고 들였더라도 열어보니 네 것이 아니라면 반송해도 괜찮다.

타인의 감정은 그런 것이다. 배달될 뿐, 받느냐 마느냐는 온전히 너의 몫이고 너의 자유다.

너는 나보다 훨씬 좋은 인간으로 성장할 것 같아 가끔은 걱정이 된다.

너무 '착해'서 네가 품지 못할 타인의 감정까지 온전히 받아주는 사람으로 자라지는 않을까? 고백하자면 나도 그런 일들로 버겁고 힘든 적이 참 많았다.

타인의 감정은 중요하지만, 또 그렇게 중요한 것은 아니다. 배달된 감정을 마음의 집에 들이기 전에 네 마음부터 잘 살펴보기를, 힘들면 거절해도 되는 단단한 마음을 스스로에게 가져주기를.

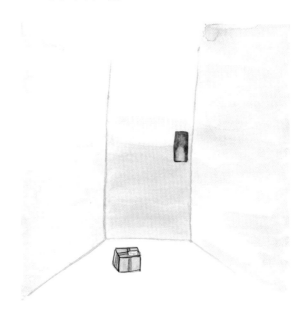

13. 토핑

아기자두가 난생처음 치과에 가서 진료를 받았습니다.
충치 치료를 마치자 간호사 선생님이 알록달록 어린이
반지가 담긴 상자를 열어 보입니다.
"맘에 드는 것 하나 가져. 치료 잘 받아서 주는 선물이야."
아기자두는 흥분한 표정으로 한참을 들여다보다가
파란색 알이 박힌 반지를 고릅니다.
집에 와서도 좋아라 하며 반지를 끼고 있는 아기자두의
눈에 자두와 호두가 나눠 낀 민자 커플링이 들어옵니다.

아기자두
내 거는 토핑이 있고, 엄마 거는 토핑이 없어.
아빠 것도 토핑이 없어.

너를 보면 아직 개념이 서지 않았다는 것이 얼마나 자유
롭고 경쾌한 일인지 알게 돼. 이건 이래야 하고 저건 저
래야 하는 틀이 없는 거침없음이 늘 부러워. 그렇게 개념
없이 오래오래 살았으면 좋겠다. 그런 너를 나도 오래오
래 닮고 말이야.

14. 할구머니와의 대화

아기자두는 할구머니(외할머니에게 아이들이 지어준
별명)와 한글 공부를 하고, 아기호두는 옆에서 자동차를
가지고 놉니다.

┃ 할구머니
┃ 이 책 쉽고 좋다. 이거 어디서 샀니?

아기호두 ┃
이거 구몬 교재야. ┃

┃ 그렇구나. 선우(사촌 동생)는
┃ 매일 자동차 책만 봐서, 이런 거 어디서
┃ 파는지 알면 사다주면 좋겠는데.

왜? ┃

┃ 어리니까.

할구머니가 어리다고? ┃

┃ 아니, 선우가 어리다고.

난 또 할구머니가 어리다고…. ┃

믹스 커피를 즐겨 먹는 할구머니는 자두가 준
아메리카노를 주방에 가져다둡니다.

┃ 아이고 난 이거 써서 못 먹겠다.

할구머니, 쓴 게 몸에 좋은 거래. ┃

┃ 그래도 난 이건 써서 못 먹어.

대화인 듯 아닌 듯
언제나 진지한 두 사람.

15. 하늘 나라에 가면

"엄마! 나 엄마 생각할게!"
"그래, 엄마도 아기호두 생각할게! 안녕, 잘 놀아."
매일 아침 어린이집 등원할 때 나누는 인사말입니다.
아기호두가 먼저 시작한 인사말이지요.
하루는 아기호두가 묻습니다.

아기호두
엄마, 하늘 나라에 가면 못 만나?

자두
왜? 누가 그렇게 말해줬어?

몰라.

어디서 들었는지 기억이 안 나는 모양입니다. 아기호두가
다시 묻습니다.

하늘 나라에 가면 못 만나?

응, 하늘 나라에 가면 못 만나.

왜?

우리는 땅 나라에 살고 있잖아.
하늘 나라는 저기 위에 하늘보다 위에 있어서
못 만나.

왜?

하늘 나라에서 땅 나라로 오는 길이 없거든.

하늘 나라에는 자동차가 없어?

아니. 자동차도 있고, 길도 있고 다 있어.

그런데 왜 못 만나?

땅 나라로 오는 길이 없거든.

…….

엄마의 아빠도 하늘 나라로 가셨어.
그래서 못 만나.

우리 아빠?

아니, 너의 아빠 말고 내 아빠. 자두의 아빠.

그럼 돌아가셨어?

(녀석, 그런 고급 어휘는 또 언제 배워가지고)
응. 돌아가셨어.

왜?

아파서.

왜?

대장이랑 간이랑 아팠어.
그래서 병원에 다녔는데, 돌아가셨어.

왜?

병원에 다녔는데도 너무 많이 아프면
하늘 나라로 가는 거야.

47

왜? |

그냥 그런 거야.
나중에 엄마도 하늘 나라에 가.
사람들은 언젠가는 하늘 나라에 가.

그러면 못 만나? |

못 만나지. 그래서 엄마도 엄마의 아빠가
많이 보고 싶어.

구름으로 오면 되지. |

아~! 아기호두는 구름을 타고 내려오면
된다고 생각하는구나?

응. |

그런데 구름은 하늘에 있는 거라서
땅으로 내려오지는 않아.

왜? |

구름은 그냥 하늘에 떠 있게 태어났으니까.

……. |

나는 아빠, 그러니까 너의 외할아버지가 보고 싶으면,
머릿속으로 외할아버지 생각을 해.

왜? |

생각을 하면 내 머릿속에
외할아버지가 나타나잖아.

응. |

많이 보고 싶을 때는 그렇게 하면 되는 거야.

응. |

'오늘은 여기까지…….' 자두는 크게 심호흡을 합니다.
자두는 아기호두에게 해주고 싶은 말이 많습니다.
외할아버지에 대해서, 나중에 엄마 아빠도 하늘 나라로
갈 거라는 것에 대해서, 그때 네가 어른이라도 마음이
참 쓸쓸하고 허전할 거라는 것에 대해서, 누군가가 너무
보고싶으면 배가 고픈 것처럼 마음도 고프다는 것에
대해서, 그래도 씩씩하게 잘 살아야 한다는 것에 대해서,
엄마는 그리움을 잘 견디고 있다는 것에 대해서, 너도
그렇게 견뎌야 할 일이 생긴다는 것에 대해서…….
하지만 자두는 입을 닫습니다. 아기호두도 차창 밖으로
이어지는 밤하늘을 바라볼 뿐입니다.

　　　　　　울음이 나오려는 것을 꾹 참으며 운전했다.
　　　　　　나는 엄마고 안전 운전을 해야 하니까.
　　　　　　집으로 가는 길은 어두웠지만 반짝이는 거리의 불빛들로
　　　　　　아름다웠다. 슬프기도 했지만 너와 그리운 사람에 대해
　　　　　　얘기를 나눈 시간이 따뜻하기도 했다.

16. 가능성

급하게 아이 돌봄이 필요한 자두는 언니네 집에
아기호두와 아기자두를 맡깁니다. 말은 언니네 맡기는
건데 언니도 일하는 여성이라 함께 사는 언니의
시어머니께 맡기는 것입니다.
아기호두가 사촌 누나 하하와 공부를 하는 동안, 언니의
시어머니는 아기자두를 데리고 동네 문구점에 갑니다.
거기서 요즘 유행하는 쫄쫄이 호스 두 개를 사줍니다.
자두가 없는 동안 아기호두와 아기자두는 쫄쫄이 호스를
가지고 잘 놀았습니다.
자두가 일을 끝내고 아이들을 데리고 집으로 오는
길입니다.

아기자두
엄마, 나 하하 언니네 동네 문방구에서
말랑이 하나만 사줘.

자두
음…. 지금 차 돌리기가 애매하고,
문방구 앞에 주차할 곳이 없어서.
다음에 문방구 가면 사줄게.

(시무룩해서) 아까 문방구 갔을 때, 부끄러워서
할머니한테 사달라고 말 못했어.

│ 왜? 말해보지 그랬어.

안 사준다고 할까 봐 부끄러웠어. │

│ 그랬구나. 알겠어. 엄마가 나중에 사줄게.

이 말을 듣고 있던 아기호두가 의아해하며 아기자두에게
거의 외치듯이 말합니다.

아기호두 │
왜! 말하지! 사줄 수도 있잖아! │

│ 하하하하.

사줄 수도 있고 안 사줄 수도 있습니다. 그건 할머니의
마음입니다.

한 명은 안 사준다는 쪽에, 한 명은 사줄 수 있다는 쪽에
가능성을 둔다. 무엇을 생각하느냐에 따라 행동도 달라
진다. 한배에서 나와 같은 부모 밑에서 자라도 아이들은
이렇게 다르다.

17. 마리모

아기호두가 키움센터에서 마리모를 가져왔습니다.

아기호두 |
엄마, 그거 알아? 마리모는 기분이 좋고
행복하면 물에 뜬대. |

아기자두 |
우와! 오빠, 정말이야? |

아기자두의 눈이 반짝 빛납니다.
자두는 마리모의 기분을 좋게 하려고 일주일에 한 번씩
깨끗한 물로 갈아줍니다. 잘 자라렴. 쑥쑥 자라렴. 네가
기분이 좋으면 우리 가족도 행복할 거야.

햇살이 유독 싱그러운 일요일 아침, 늦은 식사를 하는데
아기호두가 소리칩니다.

(책장 위에 둔 마리모를 가리키며) 떴다! 떠어!

정말 마리모가 물에 떴습니다. 우리는 밥숟가락을
던져두고 만세를 부르고 박수를 칩니다.
근데 진짜 왜 뜨는 거지? 자두는 인터넷으로 마리모가
뜨는 이유를 검색합니다.
"광합성으로 인한 산소 발생으로 뜬다."

자두
아…….

자두는 인터넷 창과 베란다 창을 번갈아 쳐다봅니다.
그리고 지금 마리모가 행복하다고 믿는 두 아이의 웃음
가득한 얼굴을 바라봅니다.

엄마! 진짜지?
마리모가 행복해서 뜨는 거 맞지?

자두는 핸드폰을 내려놓으며 대답합니다.

그러엄.

창으로 밀려들어 오는 햇볕을 받으며, 아이들의 몸에서도
방울방울 산소가 피어오르는 것 같습니다.
자두는 속으로 외웁니다. '이산화탄소 플러스 물은
엽록소에서 햇빛을 받아 포도당 플러스 산소'

아이와 정다운 대화를 나누려면
가끔은 '가짜 말'도 필요하다.

53

18. 어른이 되면

요즘 쿨럭쿨럭 기침을 하는 아기호두에게 배도라지청을
먹이다가 실랑이가 벌어집니다.

> 자두
> 얼른 먹어. 한 숟가락이잖아.

> 아기호두
> 싫어.

> 그냥 한 숟가락이잖아. 많지도 않은데 왜
> 자꾸 안 먹는다고 그래?

> (입을 꼭 다물고 눈물을 뚝뚝 흘린다) ···.

> (운다고 봐줄 수 없지!) 이거 먹어야 기침이
> 낫는다니까. 너 계속 기침하고 살 거야?

그러는 사이, 숟가락으로 뜬 도라지청이 바닥으로
흐릅니다.

> (큰소리로 화를 낸다) 빨리 먹으라고!
> 다 흘리잖아!

> 엄마 나 똥 마려워.

> (가지가지 한다, 진짜) 빨리 화장실 가.

한참을 변기에 앉아 있던 아기호두가 자신 없는 목소리로
엄마를 부릅니다.

> 엄마···.

> 왜?

> 똥이 안 나와.

⎮ 거 봐. 엄마 말 안 들으니까 똥이 쏙 들어갔잖아.

도라지청 안 먹으려고 화장실로 내빼는 아기호두나,
엄마 말 안 들어서 똥 안 나온다고 하는 자두나 수준은
똑같습니다.

엄마 미안해. ⎮

⎮ 뭐가 미안해?

운 거. ⎮

⎮ 운 게 미안한 게 아니라, 도라지청 안 먹은 게
⎮ 미안한 거지.

미안해. ⎮

⎮ 알겠어.

엄마도 크게 말해서 미안하다고 해줘. ⎮

⎮ 미안.
⎮ 그런데 엄마가 작게 말할 때 너도 엄마 말 좀
⎮ 들어주면 안 돼? 엄마가 작게 말할 때 네가
⎮ 말을 안 들으니까 자꾸 크게 말하는 거잖아.

그래도 엄마가 작게 말해야지. ⎮

⎮ 그래도 네가 엄마가 하라는 대로
⎮ 해주면 안 돼?

······. ⎮

⎮ 다음부터는 그렇게 해줄래? 응?

그건 잘 모르겠어. ⎮

⎮ 그럼 언제 알아?

어른이 되면…? ⎮

먹기 싫은 걸 억지로 먹어야 하는 너도 얼마나 힘들겠니.
그래도 엄마 화났다고 눈치 보며 알겠다고 대답하는 것보
다 공수표 안 날리는 네가 솔직해서 참 좋다.

19. 제3의 매력

자두가 좋아하는 드라마《제3의 매력》
애 둘 맘에게도 연애 세포를 불끈불끈 솟게 하는 너무나
매력적인 드라마입니다.
컴퓨터로 드라마를 보고 있는데, 아기자두가 작업실
방으로 들어옵니다.

아기자두
엄마, 나도 같이 봐도 돼?

자두
응.

아기자두는 자두의 무릎 위로 올라옵니다.
마침 영재(이솜)와 준영(서강준)이 7년 만에 다시 만나
알콩달콩 달달한 연애를 시작하는 장면이 나옵니다.
만나면 쪽쪽쪽! 헤어졌던 시간만큼 열심히 꽁냥거리는
준영과 영재입니다.
7년의 세월을 돌아 다시 만난 준영과 영재는 서로를
예쁘게 챙겨주느라 바쁩니다.

뭐든지 잘해주네? 엄마 같네.

뭐가 엄마 같아?

뭐든지 잘해주는 거.

아, 그래? (아기자두를 꼭 안고)
그렇게 생각해줘서 고마워~!

(자두에게 꼭 안기며) 나도 고마워~!

아! 드라마처럼 달달한 우리 사이.
요즘 너의 표현으로는 '매일매일 소리 지르는 엄마'지만
(미안 미안)
그래도 너에게 나는 '뭐든지 잘해주는 엄마'
나에게 너는 '뭘 해도 예쁘고 꽃쁜 딸'
이건 정말 우리 둘만 알아보는 제3의 매력이야!

20. 달빛 서커스

한여름의 무더위를 시원하게 달래줄 〈한강달빛서커스〉
축제가 반포한강공원에서 열렸습니다. 자두는 친구들과
함께 아이들을 데리고 한강공원으로 갑니다.
야외무대에서는 서커스와 마샬아트가 결합된 진풍경이
펼쳐집니다. 야외공연이다 보니 무대와 객석을 채우기
위해 스피커도 쿵쿵쿵 힘차게 소리를 뿜어냅니다.
묘기와 같은 배우들의 공연에 자두는 가슴이
조마조마합니다. 아기자두가 자두의 품으로 폭
들어옵니다.

자두
왜? 무서워?

아기자두
엄마, 노래가 쿵쿵쿵 하면서 심장으로 들어와.
심장이 너무 간지러워.

너의 표현은 언제나 싱그러워.

21. 완벽한 도미 요리

오늘 저녁 반찬은 도미구이입니다.

아기호두
엄마, 도미구이가 너무 맛있어.
너무 맛있어서 눈물이 나. (깔깔깔 웃다가)
엄마, 이건 너무 달콤하고 꽃 맛이 나.

이럴 때 엄마는 정말 행복하다.

22. 밥을 줘서 고맙다

받는 사람: 엉아

마음을 표현하는 말: 좋아요

밥을 좋서 고아다.

보내는 사람: 권가 운

아기호두가 학교에서 감사 카드를 만들어왔습니다.
엄마에게 주는 카드인데 밥을 줘서 고맙답니다.
아이고 기특해라. 학교에 다니니 이제 사람이
되어가는구나 싶어 뿌듯한데, 가만 보니 그림이 좀
이상합니다.

자두
그런데 왜 식탁에 세 명밖에 없어?

아기호두
엄마는 밥하고 있지.

허허허…….

그러고 보니 식탁에는 아무것도 없습니다. 세 명이
식탁에 가만히 앉아서 즐거워 보이니 다행입니다.

내 눈에 당신들 셋이 즐거워 보여서
다행이란 뜻이다.
당신들 셋에게 정말 다행인 일이다.

23. 우동이 먹고 싶어

아침에 눈뜨자마자 우동이 먹고 싶다는 아기호두입니다.
어젯밤에는 분명히 미역국이 먹고 싶다고 했는데
말입니다. 평소 8시에 일어나는 자두가 오늘 아침에는
무려 7시에 일어나서 미역국을 끓여 식탁에 딱
차려놓았는데 말입니다.

아기호두
우동 있어, 없어? 없어?

자두
(나의 싸늘한 표정을 좀 주의 깊게 봐주지 않을래?)
없어.

왜 없어?

다 먹어서 없어.

(냉장고 문을 열고 과일 칸에 있는
가쓰오 우동을 가리키며) 이건 뭐야?

우동이네.

있잖아.

그러게.

엄마, 나 우동 먹을래.

안 돼. 엄마가 미역국 끓여놨어.
어제 네가 먹고 싶다고 해서 아침에 일찍
일어나서 끓였단 말이야.

그럼 미역국이랑 우동.

안 돼. 미역국만 먹어.

싫어. 미역국이랑 우동 같이 먹을래.

너 미역국은 먹고 그런 소리 하는 거야?

응. 조금 먹었어.

많이 먹어.

그럼 우동 줄 거야?

아니.

왜에?

우동은 저녁으로 먹자.
아침부터 우동 먹는 거 아니야.

왜에?

미역국 먹어.

싫어. 미역국이랑 우동 같이 먹을게.

안 돼. 우동은 저녁에 먹어.

싫어. 엄마 한 번만~ 응? 제발.

안 돼.

미역국이랑 우동 같이 먹고 싶어.

안 돼.

왜에….

그럼 일단 미역국 먹고 있어봐.

그럼 우동 끓여줄 거야?

일단 생각해볼게.

(식탁으로 가다 돌아서며) 엄마. 생각하지 마.

요즘 네가 쓰는 '끝까지 조르기' 권법에 나는 '생각해볼
게' 신공으로 맞서는 중인데, 이것도 조만간 안 통할 것
같은 싸한 느낌이 든다.

24. 백천 개

자두는 아기호두와 사촌 하하를 데리고 박물관에 가는
중입니다. 둘은 자동차 뒷좌석에 앉아 조잘조잘 끊임없이
떠듭니다. 무슨 얘기를 하다가 아기호두가 "진짜 많아!"
합니다. 이제부터 취학 누나와 미취학 동생의 기이한
대화가 펼쳐집니다.

> 하하
> 얼마나 많은데?

아기호두
백 개야.

> 백 개? 천 개가 더 많아.

그럼 백천 개.

> 백천 개라는 말은 없어. 천백 개지.

아니야. 백천 개가 더 많아.

> 백 개가 천 개면 십만 개야.

(듣는 둥 마는 둥) 백천 개가 제일 많아.

> 무한 개가 더 많아.

무 개?

> 무한 개.

아니. 백천 개.

| 경, 해가 더 많아.

백천 개. |

하하는 아기호두에게 숫자 개념을 알려주려고 하는데,
아기호두는 누나의 말을 거의 알아듣지 못합니다.

누나, 내가 세어볼게. 잘 들어. 하나, 둘, 셋, 넷, |
다섯, 여섯, 일곱, 여덟, 아홉, 열, 열하나, 열둘,
열일곱, 백천 개. |

| 경, 해가 더 많다니까.

백천 개. |

그리고 이 대화를 무한반복 중입니다.

세상의 말과 개념을 이해하는 것,
또 자기만의 말과 개념을 세우는 것.
그 사이에서 아이들은 자란다.

25. 실속 있는 가출

불을 끄고 잠이 들 때까지의 시간은 우리에게 참
소중합니다. 오늘 있었던 일과 느꼈던 것들을 초롱초롱한
눈으로 돌아보고 수다를 나누면서 마지막 에너지를
불태우는 시간이기 때문입니다.
자두는 아이들에게 오늘은 일이 많아 피곤했다고
얘기합니다. 그러자 아기자두가 자두의 오른팔을
주물러줍니다. 이에 질세라 아기호두도 자두의 왼팔을
주무릅니다.
매일 피곤하다는 말을 달고 사는 엄마라 이런 서비스를
받나 미안한 마음도 들지만, 이렇게 받은 에너지로
내일도 거뜬히 아이들을 안아줄 수 있을 겁니다.

> 자두
> 아, 시원하다. 애들아, 나 몸이 풀리는 것 같아.

> 아기호두
> 몸이 풀려? 몸을 잘 풀려면 체조를 해야 해.

아기호두는 불을 켜더니 달밤의 체조를 시작합니다.
아기자두도 어린이집에서 하는 체조를 보여주며
자두에게 따라 하라고 합니다. 자두는 나른한 몸을
일으켜 몇 가지 동작을 성실히 따라 합니다. 그러고는
다시 불을 끕니다. 아기호두는 체조 덕에 에너지가
차올랐는지 잘 생각은 않고 조잘대기 시작합니다.

> 아기자두
> 시끄러워. 조용히 해.

> (상관없이) 조잘조잘조잘.

> 나 졸려. 시끄럽다고!

> 조잘조잘조잘.

시!끄!러!워!
자꾸 시끄럽게 하면 나 집 나간다!

아기자두는 오빠에게 단단히 엄포를 놓습니다. 이 정도면
자두가 달랠 차례입니다.

우리 아기자두, 가긴 어디 간다고 그래?
엄마랑 집에 있자.

준비물 다 챙겨서 나갈 거야.

(개의치 않고) 조잘조잘.

엄마 끌고.

으악! 안 돼!

이제야 조용해지는 아기호두입니다.

집을 나간다는 말은 또 어디서 배웠나 했는데 엄마까지
끌고 간다니, 그 가출 참 실속 있다.

26. 순수의 세계

코로나로 각종 줌 수업이 만연한 가운데, 오늘은
아기호두의 디자인 수업이 있는 날입니다. 현직
디자이너가 직접 아이들에게 수업을 해주는 아주 귀한
시간입니다. 아직은 줌이 익숙하지 않은 나이라, 자두는
수업 내내 프레임 아웃 상태로 아기호두의 옆에 붙어
있어야 합니다.

> 디자이너
> 어린이 여러분, 자기를 표현할 수 있는 말을
> 써보세요. 다 썼나요? 뭐라고 썼는지
> 선생님이 한번 들어볼까요?

아이들은 돌아가며 자기 이름을 말하거나 별명을
말합니다.

> 아기호두는 뭐라고 썼어요?

> 아기호두
> 달토끼라면이요.

> 잘 안 들렸어요. 다시 말해줄래요?

> 달토끼라면이요.

> (잠시 말을 잇지 못한다)
> 아기호두는 감성이 참 풍부한 어린이네요.
> (먹먹한 표정으로) 선생님은 정말 감동이에요.
> 내가 달토끼라면… 이라는 생각을 하는군요.
> 우리 어린이의 마음이 이렇게 순수하다니
> 정말 예뻐요.

옆에 있던 자두는 '끽!' 웃음이 터져나오는 것을 억지로
참습니다. 얼마 전 아기호두와의 대화가 생각났기
때문입니다. 아기호두는 유튜버가 되겠다며 유튜브
아이디를 만들었습니다. 이름은 '달토끼라면'.

> 자두
> 달토끼라면이 달토끼랑 라면을 합친 말이야?

응.

> 네가 게임 〈쿠키런 킹덤〉의 달토끼 캐릭터랑
> 라면을 좋아하니까?

응.

> 그럼 혹시 '내가 만약 달토끼라면…'이라는
> 뜻은 없어? 그런 뜻도 되잖아.

(고개를 저으며)
그럼 뒤에 물음표가 있었겠지.

> (혼잣말로) 아… 내가 달토끼라면… 같은
> 중의적 의미는 없는 거구나.

이랬거든요.
괜히 자두가 다 디자이너 선생님에게 미안해집니다.

세상에는 순수한 마음을 지닌 어른이 많아 참 다행이다.

27. 김모 씨

저녁을 먹고 거실에서 각자의 시간을 갖습니다.
아기자두는 테이블에 앉아 그림을 그리고, 아기호두는
레고를 만듭니다. 자두와 호두는 뉴스를 봅니다. 마침
뉴스에서는 사고 소식이 전해집니다.

"길을 가던 김 모 씨가 갑자기 쓰러졌습니다.
지나가던 행인이 119에 신고를 하여……."

티브이로 눈을 돌린 아기자두의 표정이 어두워집니다.

> 아기자두
> 엄마, 김 모 씨 너무 불쌍해.

자두
그러게. 병원에 실려 갔다니
깨어났나 모르겠네.

> 그런데 도대체 김 모 씨는 누군데
> 맨날 뉴스에 나와?

그건 엄마도 모르지. 뉴스에서는
이런 사고를 보도할 때
사람 이름을 다 말하지 않아.

> 왜?

음…. 개인 정보라서 보호해줘야 하거든.
세상에 이런 사건이나 사고가 났다는 건
사람들에게 알려줘야 하지만, 그런 일을 당한
사람 입장에서는 '내가 그런 일을 당했다.'는
걸 알리기 싫을 수도 있잖아. 그러니까
보호를 해줘야 해.

아니 그게 아니고! 김모 씨가 도대체 누구냐고?
누군데 맨날 사고 나고 다치고 병원에
실려가고 그려냐고. 어제도 김모 씨, 오늘도
김모 씨, 전에도 김모 씨! 김모 씨가 도대체
누구야?

아, 그런 김모 씨! 하하하, 그러게 김모 씨
진짜 불쌍하다.

누군지 알게 되면 제발 조심 좀 하고 사세요!
이렇게 말해줄 거야.

오늘은 김 모 씨가 네 마음을 두드렸구나.
살다보면 자꾸 내 마음을 툭툭 건드리는 사람이 있어.
그런 사람을 만나면 책상 위에서 시름시름 빛을 잃어가는
화분 속 식물을 대할 때처럼 아침저녁으로 눈에 밟히고
신경이 쓰인단다.

그런데 말이야. 누군가에게 신경이 쓰인다는 건 그 사람이 내 마음을 두드렸기 때문이 아니라 내 마음이 그에게 반응한 거란다. 누군가가 '나에게 마음 좀 써줘.' 하고 부탁한 게 아니라 내 마음이 스스로 일어나서 그에게 가는 거지. 김모 씨에게 네 마음이 간 것처럼 말이야.

타인에게 마음이 인다는 것은 참 아름다운 일이야. 그 마음으로 인해 어떤 사람은 위로를 받을 것이고, 어떤 사람은 힘을 얻을 것이고, 또 어떤 사람은 세상은 살 만하다고 느낄 거야.

하지만 좋은 마음의 발현이 꼭 해피엔딩으로 끝나는 것은 아니란다. 상대가 부담스러워하거나 불유쾌하게 여길 때도 종종 있거든. 이런 뜻밖의 상황을 만난다고 해도 크게 상처받지는 말아. 예상 밖의 일들은 언제나 예측 범위 너머에 있는 거니까, 살면서 당연히 겪을 수 있는 일이라는 것을 받아들이고 너는 너대로 살아가면 된다.

타인에 의한 상처 역시 네 마음이 반응하는 것이라는 점 잊지 마. 네 마음은 네 것이라는 것도 꼭 기억하렴.

28. 노량진 회군

자두네는 주말 내내 지방 일정을 소화하느라 집 안은
엉망, 빨래는 쌓여갑니다.
아침부터 분주하게 세탁기를 돌리는 자두에게
아기호두가 티셔츠를 찾아달라고 합니다. 자두는 옷장에
하나 남은 연보라색 티셔츠를 줍니다.

> 아기호두
> 이거 싫어. 다른 거 줘.

자두
어쩌지? 다른 옷들이 다 세탁기에서
돌아가고 있어.

> (기어이 다른 옷을 찾아내서) 그럼 이거 입을래.

벚꽃 흐드러지게 만개한 봄날인데 겨울용 기모 티셔츠를
가져와 입겠답니다. 자두는 두꺼워서 더울 거라고
설득하며 싫다는 연보라색 티셔츠를 억지로 입힙니다.
학교로 가는 차 안.

> 나 이 옷 싫어.

오늘은 어쩔 수 없잖아. 그냥 입고 가자.

> 나 이 옷 싫어.

잘 입다가 갑자기 왜 그래?
오늘은 그냥 가자. 응?

> 그래도 나 이 옷 싫어.

(화가 나기 시작한다)
옷이 다 빨래 중이어서 이 옷밖에 없잖아.

> 그래도 나 이 옷 싫어.

아기호두는 학교로 가는 내내 옷을 쥐어뜯고 잡아당기고
난리입니다. 차에서 내려 교문으로 가는데도 계속 싫다고
하며 오만상을 씁니다. 옷 하나로 갑자기 애가 왜 이러나
싶고, 그만 좀 하라고 따끔하게 한마디 하고 싶지만, 괜히
등굣길에 화를 내서 서로 기분 망치기도 그렇고 '오늘은
어쩔 수 없다.'만 반복하는데 아기호두가 교문 앞에서
울음을 터트립니다. 이건 그냥 기분 문제가 아니구나
싶습니다. 자두는 아기호두 앞에 무릎을 굽히고 앉아
차분하게 물어봅니다. 엄마의 감이란 매서운 부분이
있거든요.

| 혹시 아이들이 옷 가지고 놀려?

아기호두는 눈물을 뚝뚝 흘리며 고개를 끄덕입니다.
사연을 들어보니 이렇습니다.
며칠 전 이 옷을 입고 학교에 간 아기호두를 아이들
여럿이 여자 옷을 입었다고 놀렸답니다. 오늘 또 이 옷을
입고 가면 아이들에게 놀림거리가 될 것이 뻔하다고요.

| 색깔 때문에 그런가? 친구들이 여자 색이라고
| 놀리면 여자 색, 남자 색은 따로 없다고 말해.

……. |

| 친구들한테 말할 수 있겠어?

(고개를 젓습니다) 아니. |

| …….

참 난감한 상황입니다. 오늘은 학교에 안 가겠다고 우는
아이를 앞에 두고 자두는 어떻게 해야 할까요?

(아기호두의 손을 꼭 잡고 발길을 돌린다) 그래.
오늘은 학교 가지 말자. 엄마가 선생님께
전화할게.

엄마… 화났어?

아니. 너를 지켜주는 일인데 내가 왜 화가
나겠니? 괜찮아. 오늘은 학교 가지 마.

이렇게 아기호두와 자두는 노량진초등학교 교문에서
집으로 회군합니다.

집으로 돌아오는 길에 우리는 이런저런 이야기를 나눴다.
옷이나 물건의 색으로 너를 놀리는 친구에게 어떤 얘기
를 해야 하는지에 대하여, 자기와 생각이나 행동이 다른
사람을 놀리는 태도는 지니지 말아야 하는 것에 대하여,
어른이 되어도 자기와 생각이나 취향이 다른 사람을 두
고 '잘못된 사람'이라고 지적하는 이들이 있고, 어른인
엄마 아빠도 여전히 그런 사람들과 만나면서 살고 있다
는 것을.

그럴 때 엄마 아빠는 말한다. "너는 그렇게 생각하는구
나. 그런데 나는 그렇게 생각하지 않아."라고. 이런저런
얘기를 나누며 마음이 한결 가벼워진 네가 눈부신 햇살
을 얼굴에 가득 받으며 환하게 웃었다.

그래, 그러면 됐어. 다음에 또 이런 일이 생기면 용기 내
서 말하면 되는 거야. 오늘처럼 한 발짝 뒤로 물러나도 괜
찮고, 숨을 고르고, 생각하고, 용기를 내봐도 된다. 그러
는 동안 네 마음이 조금 더 단단해지는 것을 느끼면 되는
거야.

2부.
쉿! 비밀인데 엄마는 너희가 키우는 거야

제가 아기자두와 아기호두를 키운다고요?
제 주제에 무슨 둘씩이나…….
사실, 아기자두와 아기호두가 저를 키우고 있다는 것은
우리만 아는 비밀입니다.

1.   최선

요즘 자두는 드로잉을 배웁니다.
아기호두와 아기자두는 자두에게 익숙하고도 사랑스러운
소재입니다.
처음 그림을 시작했을 때, 아기호두와 아기자두는 자신을
그려오는 엄마의 그림에 흥미를 느꼈지만, 이제는 너무
이상하게 그렸다는 이유로 관심을 갖지 않습니다.
오늘도 자두가 아이들 앞에 그림을 꺼냅니다.

> 자두
> 짜잔! 엄마가 또 너희들 그렸어!

> 아기호두
> (잠깐 눈을 반짝하더니 이내 의심의 눈초리로)
> 또 이상하게 그렸지?

> 아니야. 이번에는 잘 그렸어.

아기자두
뭐야. 이상하잖아.

아닌데, 잘 그렸는데….

다음 날, 자두는 아기호두에게 다시 그림을 내밉니다.

(질척대며) 다시 봐봐. 이게 이상해?
아빠도 잘 그렸다고 말해줬는데?

이상해.

야아, 그래도 나는 최선을 다해서 그린 거야.

엄마.

응?

좀 더 최선을 다해.

하하하, 알겠어.

그래,
너희가 최선을 다하라면야 뭔들
못하겠니.
그래도 최선을 다하라는 말이
내가 너희에게 한 말이 아니어서
나는 좋다.

2. 혼자 가면 어떡해, 같이 가야지

두근두근, 오늘은 지난달에 접수한 공모전의 발표
날입니다. 자두는 아침부터 공모전 홈페이지를
들락날락거립니다.
도대체 발표는 몇 시에 나는 거야. 앉으나 서나, 밥을
먹으나 화장실에 가나 이놈의 공모전 생각뿐입니다.
12시가 지나고, 2시가 지나고, 3시 30분이 지나고, 4시가
지나고, 5시가 되자,
두둥! 드디어 발표가 납니다. 하지만….
자두의 이름은 없습니다. 자두는 크게 상심합니다.
침대에 누워 이불을 뒤집어 쓰고 한숨만 푹푹 쉽니다.

아기호두
엄마, 같이 놀자아.

자두
미안해. 엄마가 지금은 놀 기운이 없어.

왜? 아파?

아니….

그럼 왜?

응…. 엄마가 얼마 전에 응모했던 공모전에서
떨어졌어. 그래서 지금은 힘이 안 나.

떨어졌어?

응.

그럼 길을 잃었어?

?

아기호두는 자두의 눈을 빤히 쳐다봅니다.
평소에 '엄마랑 떨어져서 가면 길을 잃어버린다.'라는
말이 떠올랐나 봅니다.

대답을 기다리는 아기호두에게 자두가 마음을
털어놓습니다.

응…. 엄마는 마음의 길을 잃었어.
정말 어떻게 해야 할지 모르겠어.

엄마, 혼자 가면 어떡해. 같이 가야지.

하하하. 아기호두가 엄마랑 같이 가줄 거야?

응!

가만히 앉아 있어도 어디로 가야 하나 막막할 때가
있습니다.

고마워. 네가 있어서 이렇게 또 힘이 난다.
혼자가 아니어서 따뜻하다 못해 뜨끈해지는 날이다.

"아기호두야! 같이 가!
그렇게 떨어져서 가면 어떡해!
길 잃어버리잖아!"

81

3. 말의 느낌

아기자두가 괴로운 표정으로 자두에게 옵니다.

아기자두
엄마, 나 여기 발이 지글지글해.

자두
어떻게 지글지글해?

(답답하다는 듯) 아이참!
여기 발이 지글지글하다고오!

아~! 발이 저리다는 얘기구나.
이리 와. 내가 주물러줄게.

아이들의 표현은 언제나 아름답다.

"지글지글해."

4. 나는 왜 살아야 하니?

어린 시절부터 글을 쓰는 게 꿈이었던 자두는, 어린
시절부터 영화를 만드는 게 꿈이었던 호두와 결혼을
합니다. 결혼할 때 자두는 생활에 치여 꿈을 포기하는
일은 없도록 하자는 각오를 하였습니다만, 살아보니 그런
각오는 할 필요가 없습니다.
자두와 호두는 죽이 되든 밥이 되든 하고 싶은 것은
그냥 하고 사는 성미였습니다. 하지만 현실은 녹록지
않습니다.
하루는 호두가 가족들 앞에서 뜬금없이 하소연을 합니다.

호두
나 영화 포기할까?

자두
왜?

그냥. 힘들다.

아기호두
(가뿐하게) 아빠, 포기하고 싶으면 포기해.

(여태 영화를 붙들고 살아온 세월을 생각하고는
괜히 아이에게 짜증을 낸다)
야! 그럼 나는 왜 살아야 하니?

태어났으니까 사는 거야.

풋!

…

인생의 진리를 구할 때는 아기호두를 찾
아야겠다. 우매한 엄마 아빠에게 명답
을 말해주는 아기호두, 네가 보살이다.

"수리수리 마하수리, 태어났으니 사는 거다."

85

5.　Only one

아기호두와 아기자두가 장난감 문제로 싸웁니다. 서로
가지고 놀겠다고 다투다가, 아기호두가 아기자두를
밀치며 빽 소리를 지르는 바람에 아기자두가 울음을
터트립니다.

호두
아기호두! 하나밖에 없는 동생한테 그러면
어떡해!

아기호두
(가만히 있다가) 나도 하난데.

아, 네….

맞다. 우리는 모두 하나다.

6. 올림사랑

요즘 죽음에 대한 인식이 생긴 아기호두가 자두에게
말합니다.

> **아기호두**
> 엄마. 나는 계속 아이였으면 좋겠어.

자두
왜?

> 그럼 엄마가 계속 옆에 있잖아.

아기호두가 어른이 되면 엄마가
할머니가 됐다가 하늘 나라로 가니까?

> 응. 내가 아이면 엄마는
> 계속 내 옆에 있을 거지?

무슨 말을 해줘야 하나….
엄마는 나중에 나중에 하늘 나라에 가도 마음은 너희
옆에 있을 거라는 말이라도 해야 하나 고민하는데,
아기자두가 끼어듭니다.

> **아기자두**
> 그런데 우리가 아이로 있으면
> 어른들이 계속 우리한테 화내잖아.

> 나는 그래도 괜찮아.

아기자두는 엄마가 화내서 싫어?

> 응.

그래서 아기자두는 빨리 어른이 되면 좋겠어?

> (잠시 생각하더니)
> 아니야. 나도 괜찮아. 엄마가 화내도 좋아.

….

내리사랑이라는 말이 있습니다. 무조건적인 사랑, 어머니의 사랑을 의미하는 아가페란 말도 있지요.
그런데 부모가 된 후 알았습니다.
모든 것이 용서되는 무한한 사랑은, 아이들이 부모에게 주는 올림사랑이라는 것을요.

7. 버린다!

오늘도 거실은 엉망입니다.
아이들에게 정리하라고 하면 "엄마가 할 거야." 하고 또
난장판을 만듭니다.
하루하루가 난장판, 정리, 난장판, 정리의 무한
반복입니다.
보다 못한 호두가 장난감을 치우다가 아기자두가
소중하게 여기는 손선풍기를 꽂아두는 꽃 모양의
받침대를 버립니다.

> 자두
> (쓰레기 봉지에서 꽃 받침을 꺼내며)
> 이거 아기자두 거야. 버리면 안 돼.

> 아기자두
> (쪼르르 달려와) 엄마, 뭐?

> (꽃 받침을 건넨다)
> 이거. 네 거니까 네가 어디 잘 둬.

> (호두에게) 이거 내 거야! 버리면 안 돼!

> 호두
> (큰 소리로 엄포를 놓는다) 너희들,
> 이제 스스로 정리 안 하면
> 내 눈에 보이는 건 다 버릴 거야!

그러자 아기호두가 깔깔깔 웃으며 말합니다.

아기호두
그럼 아빠가 거울을 보면 아빠를 버리겠네.

깔깔깔, 아빠를 버린대.

(기가 차서) 뭐!

아기호두와 아기자두는 키득대며 방으로 달아납니다.
오늘도 집 정리는 자두와 호두의 몫입니다.

소중한 건 버리지 말자.
후회할라.

8.   매너의 역사

저녁 식사 시간입니다.
오늘도 식탁에 숟가락, 젓가락, 포크를 다
놓아주었는데도, 일곱 살 아기자두는 손으로 음식을
집어먹습니다. 원숭이에서 인간이 되려면 아직 한참
멀었습니다.

자두
애들아, 내가 가지고 있는 책 중에
『매너의 역사』라는 책이 있어.

아기자두
매너가 뭔데?

우리가 살면서 이럴 때는 이렇게 해야 한다고
사람들이 정해놓은 규칙 같은 거야.

(그래서 뭘 어쩌라고) ….

그 책에 보면 말이야. 음식을 먹을 때는
포크를 쓰라고 나와 있어.

(뻔뻔한 표정, 손으로 멸치볶음을 집는다)
포크 잡기가 귀찮아서 손으로 하는 거야.

그래? 그런데 네 나이에 귀찮다는 말은 좀
그렇다. 엄마 나이라면 귀찮은 게 있을 수
있지만.

내 나이에도 귀찮을 수 있지이!

그렇지….
(괜히 아기호두에게) 아기호두야,
그 책에는 이런 말도 있어.

아기호두
뭔데?

92

밥을 먹을 때는 식탁에서 방귀를 뀌지
않는다, 라는 말.

(놀라며) 뭐어? 방귀는 그냥 나오는 거잖아!

참으라는 거지.

그걸 어떻게 참아?

참으려고 하면 참을 수 있어.

말도 안 돼.

그게 매너라는 거야.

(어이가 없다는 듯) 우와, 그 책 진짜 매너 없네.

아하하. 그런가?

오늘도 배웁니다.

* 그림책 『매너의 역사』(아리 히베르트 저 / 신서원 / 2001)

매너는 상대적인 것이다.

9.   부러진 색연필 앞에서

요즘 아기자두의 취미는 종이 인형 만들기고, 아기호두의
취미는 아기자두의 물건을 마음대로 가지고 노는
것입니다.
우리 아기호두, 아기자두가 만들어놓은 종이 인형의
팔을 빨간색 색연필로 칠해놓고는 "잘했지?" 하며 헤헤
웃습니다.

자두가 보기에는 빨간 장갑을 낀 것 같아 나쁘지 않은데,
아기자두는 영 화가 납니다. 자기 것에 마음대로 색을
칠했다며 울먹거리기까지 합니다. 이런, 주인이 싫다는데
어쩌겠습니까. 자두는 아기호두에게 사과를 하라고
합니다.

잘했다 소리를 들을 줄 알았던 아기호두도 마음이 상해
성의 없는 사과를 툭 던집니다. 아기자두는 빨간색을
지워내라고 고집을 부립니다. 결국 화가 난 아기호두가
옆에 있던 색연필을 집어던지며 소리를 지릅니다.
미안하다고 했는데 아기자두가 계속 지우라고 한다고요.
색연필을 어찌나 세게 던졌는지, 단단한 케이스 안에
있던 심이 부러져 자두 앞으로 날아옵니다. 이제는
자두와 아기호두의 대치 상황이 됩니다.
던진 것들을 주워 오라고 하니 민망한 표정으로
싱글거리며 싫다고 하는 아기호두.
주워 와, 싫어, 주워 와, 싫어, 주워 와, 싫어…. 서로
꼿꼿하게 같은 말을 대여섯 번 반복하고는 결국
아기호두가 부러진 색연필을 자두 앞에 가져다 놓습니다.

┃ 자두
┃ 너 또 이렇게 던질 거야?

아기호두 ┃
아니. ┃

┃ 그럼 앞으로 안 던질 거야?

응. ┃

┃ 왜 앞으로 안 던질 거야?

(분한 표정으로 울음을 터트린다) ┃
그걸 왜 말해야 돼? ┃

┃ 그걸 말해야지. 너 지금 안 던진다고 대답한
┃ 건 엄마한테 혼나서 그런 거잖아. 왜 안 던질
┃ 건지 그 이유를 네가 진짜 생각해서
┃ 말해야지.

그걸 왜 말해야 하냐고! ┃

┃ 흠…. 아직 왜 안 던져야 하는지 생각이 안 난 거면
┃ 저기 의자에 앉아서 생각하고 다시 와.

엉엉엉. 싫어! ┃

(단호하게) 가서 생각하고 와.

　　　　　　　　　내가 안 던지려고 하는데,
　　　　　　　　　그냥 던져졌단 말이야!

그게 무슨 말이야.

　　　　　내가 안 던지려고 하는데, 그냥 던져졌다고!
　　　　내가 안 던지려고 했는데, 엄마가 던졌다고
　　　　　　혼내니까 나는 너무 속상해! 엉엉엉.

…

세상에 태어나서 사람 되는 걸 배우는 너도 참 힘들 거야. 세상에 태어나서 엄마 되는 걸 배우는 나도 참 어렵거든. 아이를 키운다는 것, 사람을 하나 키워낸다는 것은 무엇일까 늘 고민하게 돼. 그래서 유명한 육아 선생님들의 말도 찾아보곤 한다. 그런데 말이야, 육아의 답은 언제나 너에게 있더라.

부러진 색연필을 앞에 두고 너에게 물어야 했던 말은 '앞으로도 던질 거냐, 말 거냐.'가 아니었어. 화가 나서 나도 모르게 색연필을 던졌을 때, 화를 다스리는 게 얼마나 어려운 일인지 엄마는 지금도 그게 참 힘들다는 이야기를 나눴어야 했다.

나는 화를 내고 너는 울어버렸지만, 그래도 늦게나마 이런 이야기를 나눌 수 있어서 정말 다행이다.

아기호두야, 우리가 나눌 이야기의 방향을 바꿔줘서 고맙다. 언제든 솔직하게 마음을 털어놓을 수 있다면 사람 되는 일, 엄마 되는 일이 그렇게 어렵지만은 않을지도 몰라.

10. 꿈마을

추석입니다.

자두네 형제들은 삶의 칠 할을 아내로, 엄마로, 며느리로
살아온 엄마에게 추석마다 휴가를 드리기로 합니다.

자두는 엄마, 아기호두, 아기자두와 함께 남이섬에서 1박
2일의 추석 휴가를 보내기로 합니다.

북적대는 사람들로 연휴 분위기 제대로 나던 남이섬은
밤이 되자 은은하고 몽환적인 조명을 안개처럼
깔아놓습니다. 우리는 노닥노닥 밤 산책을 하며 달님에게
소원도 빌어봅니다.

낮에 가지 않았던 곳까지 둘러보고 호텔 정관루로
돌아오는 길, '꿈마을'이라는 앉은뱅이 푯말이 보입니다.
아직 한글을 모르는 일곱 살 아기호두가 묻습니다.

아기호두
엄마 저게 무슨 글씨야?

자두
꿈마을.

뭐?

꿈. 마. 을.

꿈?

응. 꿈.

그럼 여기가 꿈이야?

(아이고!) 그, 그런가? 몰라. 그럴 수도 있고
아닐 수도 있고.

(눈을 크게 뜨고 재차 묻는다)
엄마, 그럼 여기가 꿈속이야?

(동심 파괴는 안 되니까) 그런가 보네.
우리가 꿈속을 막 돌아다니나 보네.
여기가 꿈속이겠네.

(믿기지 않는지)
여기가 꿈이라고? 나 언제 잠들었어?

(점입가경이다) 아까, 저녁 먹고 숙소에
갔다가 너 스르르 잠들었어.

아, 그래서 내가 꿈을 꾸고 있구나!

그런가 봐.

그럼 눈은 어디야?

(살짝 당황한다) 글쎄…. 저 보름달이 눈일까?

(손가락으로 땅을 가리킨다) 아니지. 여기지.

왜? 나는 저 보름달이 눈일 것 같은데?
동그랗게 뻥 뚫렸잖아.

(손으로 이마를 짚고는) 아니야.
꿈속은 여기 머리니까 눈은 이마 아래지.
그러니까 이 땅 밑에 눈이 있겠지.

맞네! 꿈은 머릿속 세상이지?
그럼 눈은 우리 발밑에 있겠네.
와! 너 그런 것도 알고. 대단하다.

이때, 아기자두가 자두 옆을 지나가며 새침하게 말합니다.

아기자두
나는 별을 느끼고 있어.

우와! 별을 느끼는 게 뭐야?

(무시하고 가버린다) ….

(무안해서) 하하하.

너희와 눈을 맞추고, 너희의 이야기를 온전히 들으려면
나는 어떤 노력을 해야 할까?
상상의 벽 끝이 어딘지 가늠도 안 되지만 그 벽에 기대어
하늘을 바라보는 것만으로도 나는 족하다.

"그럼 눈은 어디야?"

11. 감기가 나으면 안 좋은 이유

오늘은 어린이집 하원 길에 아기자두의 친구 리리를
집까지 데려다주기로 합니다.
자두는 아기호두, 아기자두, 리리를 자동차 뒷좌석에
나란히 앉히고 시동을 겁니다.
"콜록콜록!"
공동육아로 오래 같이 지내다 보니 목소리도 말투도
비슷해지는 어린이들입니다.

자두
누가 기침했어? 아기자두니, 리리니?

아기호두
아기자두가 기침했어.

그렇구나. 요즘 날씨가 쌀쌀하니까
애들이 감기에 걸리기 시작하네.
리리는 감기 안 걸렸지?

리리
걸렸는데 거의 나았어.

┃ 그랬구나. 나았다니 다행이다.

　　　　　엄마, 나도 이제 기침 안 해. 나도 감기 나았어. ┃

┃ 그래. 잘됐다.

　　　　　근데 감기가 다 나았는데 안 좋은 게 하나 있어. ┃

┃ 안 좋은 거? 그게 뭔데?

　　　　　　감기에 다시 걸릴 수가 있어. ┃

┃ 아하하…. 진짜 그건 안 좋네.

요즘 생각이라는 것을 하기 시작한 네가
예쁘다.

12. 독서란 무엇인가

이른 저녁을 먹고 아기자두와 아기호두는 저희끼리
점프 놀이를 하고, 자두는 안방 침대에 누워 책을
읽습니다. 사상가의 칼럼 모음이 이렇게 재밌어도 되는
건가요. 추석 연휴를 뜨겁게 달구었던 칼럼 「추석이란
무엇인가?」가 수록된 김영민 교수의 책 『아침에는 죽음을
생각하는 것이 좋다』를 읽는데 키득키득 웃음이 새어
나옵니다.
제발 나의 독서를 깨지 마라… 속으로 주문을 외우는데,
그게 다 무슨 소용입니까. 엄마 옆에서 놀겠다며
아기자두와 아기호두가 안방으로 들어옵니다. 침대
위에서 경중경중 뛰던 아기호두가 자두의 다리에 걸려
넘어집니다.

아기호두
엄마 다리 때문에 내가 넘어졌잖아!

평소 같으면 자두는 "나는 가만히 있었는데, 네가 뛰다가
혼자 다친 거잖아. 엄마 탓하지 마."라고 했겠지만, 그
유명한 추석 칼럼을 읽고 있던 자두는 책에서 영감을
받은 대로 아이들에게 질문을 던집니다.

| 자두
| 넘어지는 것은 무엇인가?

사고가 나는 거지. |

| 사고란 무엇인가?

쪼갈라지는 거랑 비슷한 거지. |

| 쪼갈라지는 것은 무엇인가?

아기자두 |
(친절하게 차근차근) 엄마가 오이를 |
쪼갈르잖아. 그거랑 같은 거야. |

| 오이란 무엇인가?

아기호두/아기자두 |
(맹수처럼 달려들며) 엄마 때릴 거야!!!! |

아이들이 소리를 지르며 자두에게 달려듭니다.
아기호두는 자두의 팔을 물어뜯고, 아기자두는
주먹질을 합니다. 무슨 늑대, 승냥이, 퓨마, 사자, 호랑이
같습니다….

아… 독서란 무엇인가?

13. 아빠를 집에 오게 하는 법

호두는 부산 출장 중입니다. 모두가 처음 경험하는 한
달간의 이별입니다.
그리움으로 시간이 흐르는 동안, 아기자두가 기대하던
케이크 만들기 수업 날이 됩니다.

아기자두가 '똥 케이크'라고 이름 붙인 초콜릿 케이크는
꽤나 먹음직스럽습니다. 케이크를 만들고 보니
아기자두는 며칠 후 생일을 맞는 호두가 생각납니다.

아기자두
엄마, 아빠 생일날 우리 부산 가기로 했지?

자두
응.

이 케이크 가지고 갈까?

104

음…. 부산 가려면 아직 일주일이나 남았는데,
그동안 케이크가 상할 것 같아.

그럼 부산 가는 날 또 만들까?

글쎄…. KTX 타고 가야 하는데 괜찮을까?
아기호두 학교 끝나면 바로 서울역 가야 해서
만들 시간이 없기도 하고.

기차 흔들리면 케이크도 흔들흔들하겠다.

그렇지? 가지고 가면 케이크가
'나는 케이크로 태어났는데 KTX도 탄다!' 하면서
좋아하겠지만, 데리고 가기 좀 그렇다. 대신 사진
찍어서 아빠한테 보내줄까?

좋아!

집에 가서 사진 찍자.

우리가 사진 찍어서 아빠한테 보내면
아빠는 핸드폰을 먹겠지?

왜?

케이크 사진이 핸드폰에 있으니까.
아빠가 핸드폰을 먹으면 핸드폰이 없어지니까,
우리한테 전화도 못하고 외로워지겠지?

그렇겠지.

그럼 아빠가 너무 외로워서
다시 집으로 오겠네.
히히! 아빠가 집에 온다!

기발한 생각이다!

(진지하게) 그러려면 아빠가 꼭
핸드폰을 먹어야 해. 그게 중요해.

진짜 그게 중요하다.

오늘도 너는 기발한 생각으로 가득하구나.

14. 우리는 어디에 있었지?

아기호두가 뜬금없는 질문을 합니다.

아기호두
나 애기 때 티브이에 뭐 돌리는 거 있었어?

자두
아니. 돌려서 채널 바꾸고, 소리 크기
조정하는 티브이는 내가 어릴 때 있었어.

몇 살 때?

한… 여덟 살 때?

그럼 그때 우리는 어디에 있었어?

그때 너희는 씨앗으로도 없었어.

그럼 우리는 하늘에 있었겠네.

아마도?

아니다. 우리는 우주에 있었겠다!

그랬을 수도 있겠지.

그런데 우리는 어떻게 엄마한테 씨앗으로
왔어? 우주에서, 엄마 머리로 와서,
뱃속으로 갔나?

아기 씨앗은 그냥 엄마 아빠 뱃속에서
만들어지는 거야.

알았다! 뱃속에 우주가 있구나!

하하, 그런가?

그렇지! 엄마 아빠 뱃속에 우주가 있겠지.
그러니까 우리 씨앗이 엄마 아빠 뱃속에
있었겠지!

나도 몰랐던 사실인데 알려줘서 정말 고마워.

자두와 호두의 씨앗이 만나
너희가 태어났다.
그리고 우리에게는 새로운
우주가 열렸다.

15. 자두를 훈육하자 1

주말에 출근을 하게 된 자두와 호두. 아이들을 돌보기
위해 할구머니가 집으로 옵니다.

> 자두
> (나갈 준비를 하면서) 엄마, 커피 한잔 드려요?

> **할구머니**
> 내가 내려 마실게.
> (커피 머신을 만져보다가) 캡슐 어떻게 넣어?

> 거기를 위로 올려요.

> 어디?

> (커피 머신 뚜껑을 연다) …….

> 그러면 되는구나. 캡슐은 어떻게 넣나?

> 모양대로 넣으면 돼요.

> 모양대로? (하고는 뒤집어 넣는다)

> (얼른 캡슐을 빼고 짜증을 낸다) 아니 거꾸로
> 넣었잖아. (바로 넣고는) 이렇게 넣어야지.

> 그렇구나. 그게 거꾸로구나.
> 그럼 이제 어떻게 해?

> 거기 버튼 꾹 눌러요.

> (살짝 누르고는) 안 나오네.
> (더 기다리다가) 안 나와.

> 꾹 누르라고요.

> (다시 누르고는) 안 나와.

> 아이 진짜! (버튼을 꾹 누른다)

웨에엥~ 커피 머신 돌아가는 소리.

이제 나오네. 내가 이걸 혜정이(며느리)한테
배웠는데, 그 집 거랑 너희 거는 좀 다르네.

(엄마의 말에는 대꾸도 않고, 아침밥을 먹고 있는
아이들에게) 밥 다 먹어. 할머니 말씀 잘 듣고.

아기자두
엄마 화났어?

아니.

엄마는 할머니만 오면 맨날 화내.

내가 언제?

맨날 그러잖아.

내가 언제 맨날 그랬다고 그래?

아기호두
(우걱우걱 음식을 씹으며)
엄마, 인정할 건 인정해.

(뭐라 할 말이 없다) 알았어. 인정.

급할 때만 부르는 딸,
맨날 짜증만 내서 미안해요.
반성합니다.

16. 자두를 훈육하자 2

흥분하고 화가 나면 말이 빨라지는 우리 엄마들. 자두도
매한가지입니다.
무슨 일이 있었는지 자두가 막 화를 내며 다다다다다다
아이들에게 속사포를 쏘아댔습니다.

> 자두
> 너희, 엄마 말 알았지! 응?

> 아기호두
> 모르겠어.

> (눈꼬리를 더 올리며) 뭐!

> 아기자두
> 엄마. 말을 그렇게 빨리하면 안 돼.
> 천천히 해야지.

> 엄마가 무슨 말을 하는지 나 하나도 못 들었어.
> 무슨 말 했는지 하나도 몰라. 어쩌구 저쩌구
> 왈@~!#$&*@@!##@!++_+@#$!! 막 이렇게
> 들려. 말을 좀 천천히 해.

> 아, 알겠어. 다시 천천히 말할게…….

막 화를 내면서 빨리 말하면 아이들은 전혀 못 알아듣는
다는 걸 아이들 덕분에 배웠다.

17. 화가 나면 아픈 거래

나이가 들어 스트레스를 이완하는 호르몬의 수치도
떨어지고, 겨울이라 일조량도 부족한데, 아파트 베란다로
들어오는 한기를 막느라 종일 커튼 치고 대청소를 한
휴일.

> 자두
> 오늘은 무조건 청소할 거야. 얘들아, 나 진짜 이렇게
> 지저분하고 더러운 집에서 처음 살아봐. 내 나이 몇
> 살인지 알지? 엄마가 평생 이런 집에서 사는 건 정말
> 처음이야. 오늘 아빠 없이 청소해야 하니까, 너희도
> 좀 도와줘.

> 아기자두/아기호두
> 싫어.

두 녀석이 도와준답시고 더 어지르고 정신없이 굴 것을
생각하면 썩 나쁘지 않은 거절입니다.

> 알겠어. 그럼 너희는 엄마가 청소 안 하는
> 곳에서 놀고 있어.

아기자두/아기호두
좋아.

오전 11시에 호두가 나가자마자 시작한 청소는 저녁
6시가 되어서야 끝이 납니다. 배달로 분식을 시켜 먹고,
한숨 돌리니 아기호두의 숙제가 남아 있습니다.

아기호두야, 내일 영어 수업 있는데 숙제 한 장
더 해야 하더라. 그리고 구몬 숙제도 해야 해.

반짝반짝 빛나는 눈빛으로 블레이드 놀이를 하던
아기호두를 불러다 책상에 앉힙니다. 아기호두는 금세
몸이 배배 꼬이기 시작합니다. 피곤해진 자두는 그런
모습을 너그러이 봐줄 마음의 여유가 남아 있지 않습니다.

아기호두, 오늘 엄마가 혼자 대청소 다 한 거 알지?

아기호두
응.

(재차 강조한다) 아빠 나간 다음에 지금까지 너희들
하나도 안 도와주고 엄마 혼자 청소한 거 알지?

응.

(피곤에 절은 표정으로) 엄마 지금 힘드니까 똑바로
앉아서 숙제해. 너 그렇게 인상 쓰고 몸 배배 꼬는 거
엄마 보고 있기 힘들어.

(인상을 구기며) 알았어!

(언성이 높아진다)
왜 엄마한테 화내? 예쁘게 말해.

(더 짜증이 나는 목소리로) 알았다고!

112

(천장을 뚫고 가출하려는 멘탈을 바짝 잡고)
자꾸 그렇게 말하면 엄마 화낸다. 화내면서
소리 지르고 막 그럴 거야. 그러니까 똑바로
앉아서 숙제해.

아기호두가 머리를 쥐어뜯으며 숙제를 하는데, 떨어져서
지켜보던 아기자두가 끼어듭니다.

아기자두
엄마, 화가 나는 건 아픈 거래.
코딱지(어린이집 생태 선생님 별명)가 말해줬어.
엄마 아파?

(응?) … 아픈 건 아니지만, 힘들긴 해.

그럼 침대에 누워서 좀 쉬어.

…….

아이를 혼내야 할 때가 있다.
그런데 돌이켜보면
아이의 잘못이 컸다기보다
내 스트레스가 커서,
내 마음에 여유가 없어서,
내 마음이 편한 상태가 아니어서 화를
낸 경우가 많다.
아이의 말대로 내 마음이 건강하지 못
해서다.
자두야, 그럴 때는 좀 쉬어도 괜찮아.
숙제 좀 안 봐주면 어때?
햇볕도 쐬고 바람도 쐬고
잠깐이라도 눈도 좀 붙이고 그러자.

18. 터살이 하는 날

'터살이'를 하는 날입니다. 공동육아에서는 아이들이
사는 공간, 그러니까 어린이집을 터전이라고 부릅니다.
코로나가 유행하기 전에는 봄, 여름, 가을, 겨울이면 1박
2일 혹은 2박 3일로 선생님들과 함께 자연으로 들어가
사는 '들살이'를 하였는데요. 코로나 이후로는 바깥
여행이 힘들어져서 올해는 터전에서 1박을 하는 터살이를
하게 되었습니다.
자두는 요즘 일이 많아 피곤에 절어 있는데요. 아침부터
아기호두는 졸려서 못 일어나겠다, 깨우려거든 일으켜
달라, 옷 입혀 달라, 이거 해달라, 저거 해달라 하고,
아기자두는 옷 찾아 달라, 양말 찾아달라, 양치질해달라
합니다.
그 와중에 아기호두는 차려준 밥은 먹지 않고 라면을
끓여 달랍니다. 자두는 펑! 폭발하고 맙니다.

> 자두
> 먹기 싫으면 먹지 마! 아침부터 무슨 라면이야? 지금
> 라면 끓일 시간이 어딨어? 차려주는 대로 먹어!
> 먹기 싫으면 먹지 마! 억지로 먹으라고 하지 않을
> 테니까.
> 아기자두! 너도 양치질 네가 해! 뭘 맨날 아침마다
> 엄마한테 다 해달라고 그래? 둘 다 진짜 자기들 힘든
> 것만 알지!

한껏 쏟아붓고 출근 준비를 하려는데 아기호두의 울음이
터집니다. 이제야 사태를 파악한 호두가 아기호두를
데리고 방으로 들어갑니다. 아기자두는 아무 소리 없이
개지 않은 빨래 더미에서 주섬주섬 옷을 찾아 입습니다.
양말을 찾다가 짝을 못 찾았는지 짝짝이 양말도 군소리
없이 신습니다.

아기자두
엄마… 나 준비 다 됐어.

아기자두를 어린이집에 데려다주는데 아차! 오늘은
터살이 날입니다. 태어나서 처음으로 엄마랑 아빠랑
떨어져서 혼자 자야 하는 공식 외박일이지요. 지난
일주일 동안 무섭다며 터살이를 한다 안 한다 마음이
열 번도 더 바뀌고, 어젯밤에야 마음 단단히 먹고
해보겠다고 한 건데…. 아침부터 엄마라는 사람이 이렇게
기분을 엉망으로 만들었으니 정말 미안해집니다.

(미안한 마음에 최대한 다정하게 말을 건다)
아기자두우~ 오늘 터살이 잘할 수 있겠어?

응.

엄마, 아빠, 오빠 보고 싶으면 사진 봐.
가방에 사진 챙겨 넣었어.

(뾰로통해서) 엄마는 안 볼 거야.

아까 엄마가 화내서 너도 화났구나?

응. 엄마는 보기 싫어.

그래, 엄마 보기 싫으면 아빠나 오빠 사진 봐.

오빠도 보기 싫으면 아빠 사진만 볼 거야.

알겠어. 그렇게 해.
오늘 엄마가 화내서 정말 미안해.

아기자두를 등원시키고 오는 길.
마음이 그렇게 무거울 수가 없습니다.

맨날 화내고 반성하고 사과하고,
화내고 반성하고 사과하고…….
엄마가 되는 길, 정말 어렵다.

115

19. 미안해

오늘도 어김없이 사과의 시간이 도래합니다.

> 자두
> 엄마가 소리 질러서 미안해. 앞으로는 안 그러도록
> 노력할게.

아기자두
노력?

> 응. 노력할게.
> 엄마가 소리 질러서 진짜 진짜 미안해.

나도 미안해.

> 네가 뭐가 미안해?

엄마가 노력해서 미안해.

> (감동) …….

네가 하려는 말의 뜻을 내가 제대로 이
해했는지 모르겠다. 오늘은 그냥 내 맘
대로 이해하고, 내 맘대로 감동받을게.

20. 아저씨

흔히들 아들이라는 존재가 좋아하는 아이템 종류는 딱
두 개라고 하지요. 자동차 아니면 공룡. 이 두 가지를
다 좋아하는 특이한 경우는 있어도, 둘 다 싫어하는
남자아이는 없다고들 합니다.
세 살부터 지금까지 주야장천 자동차만 좋아하는
아기호두는 차를 타면 자동차 얘기만 합니다.
가족 나들이를 가는 차 안입니다.

아기호두
나는 GV가 좋아. 그 차는 우아한데,
우리 차는 우아하지가 않아.

호두
(아이의 한마디에 변명이 구구절절이다)
우리 차도 이 브랜드에서는 나름 우아한
편이야. 우리 건 스포티지한 매력이 있어.
그리고 사람이 우아하려면 돈이 아주 많아야
해. 그리고 GV를 타면 아빠가 너무 대한민국
아저씨 같을 거야.

아빠도 아저씨잖아.

쩝… 그렇긴 하지.

팩트 앞에서 변명하지 말자.

21. 자기 주도 학습

저녁을 먹고 좀 쉬었습니다. 이제 숙제할 시간입니다.

> 자두
> 아기호두야, 오늘 숙제는 뭐야?

> 아기호두
> 수학 단원 평가 본 것에서
> 틀린 문제 다시 풀어오는 거야.

> 엄마가 도와줄게. 같이 하자.

> 아니야. 나 혼자 할게.

> 알겠어. 모르는 거 있으면 물어봐.

> 응.

아기호두는 두어 문제를 풀다가 자두를 부릅니다.

> 이거 무슨 말인지 모르겠어.

> 그래? 한번 볼까?
> '준우는 빵집에 갔습니다. 식빵은 3천 원, 크림빵은
> 1천 원, 밤빵은 2천 원, 야채빵은 4천 원입니다.
> 준우는 식빵 1개와 밤빵 1개를 샀습니다. 준우가 산
> 빵은 총 얼마인가요?' 준우가 빵을 샀대. 식빵 1개,
> 밤빵 1개. 각각 3천 원하고 2천 원이잖아. 준우는
> 얼마를 내면 될까?

> 아, 알겠어.

알았다는 아기호두는 '3000 + 1000 + 2000 + 4000'
이라고 쓰더니 답을 구합니다.

> 아니 아니. 그렇게 다 더하는 게 아니라,
> 식빵하고 밤빵의 가격만 더하는 거야.

5. 준우는 빵집에 갔습니다. 준우는 식빵 1개와 밤빵 1개를 샀습니다. 준우가 산 빵은 총 얼마인가요?

가 격 표

식빵	3천 원	크림빵	1천 원
밤빵	2천 원	야채빵	4천 원

｜ 나도 알아.

근데 왜 다 더해? ｜

｜ 왜? 그러면 안 돼?

문제가 요구하는 대로 풀어야지. ｜

｜ 알아. 근데 이러면 안 돼?

안 되지. 문제가 요구하는 답이 아니잖아. ｜

｜ 나는 빵 가격을 다 더한 거야.

아니, 그러니까 다 더하는 문제가 아니잖아. ｜

｜ 나는 머리 더 똑똑해지려고 이거 다 더하기
｜ 하는 거야. 두 개 더하는 것보다 네 개 더하면
｜ 머리가 더 똑똑해지잖아. 그러면 안 돼?

안 될… 건 없지. 네 마음대로 해. ｜

아기호두는 신나게 숫자를 더합니다.

｜ 안 될 게 뭐가 있겠니.
｜ 스스로 공부를 더 하겠다는데.

22. 핑계

자두 회사의 첫 책 출간을 앞두고 제작, 사무, 계약,
홍보 업무가 폭발하고 있는 시기입니다. 요즘 퇴근만
하면 아이들 밥 차려주고 소파에 죽은 듯이 누워 있는
자두입니다. 엄마와 함께 노는 것을 무척 좋아하는
아기자두가 소파로 옵니다.

아기자두
엄마, 나랑 종이 인형 같이 만들자.

자두
(난 모른다, 아무것도 모른다)
나 종이 인형 만들 줄 몰라.

쉬워. 종이에 그림 그리고
가위로 오리기만 하면 돼.

(난 안 해봤다, 해봐도 안 해봤다)
그래도 엄마는 몰라. 안 해봤어.

내가 가르쳐줄게.

(가르쳐주지 마라, 제발 가르쳐주지 마라)
아니야. 우리 자기가 할 수 있는 것만 하자.

알겠어. 그럼 다 만들면 내가 엄마 보여줄게.

좋아!

자두는 위기를 무사히 넘기고는 눈을 감고 쉽니다. 몇
분 후, 아기자두가 예쁜 여자 종이 인형을 보여줍니다.
자두는 '같이 놀아주지는 못했으니, 리액션은 세계
최강으로 끝내주게 해주겠어!' 마음먹고 오만 호들갑을
다 떱니다.

어머~! 이거 아기자두가 만들었쪄~?
와~! 진~~짜 잘 만들었다~!
완전 멋있어~ 아기자두 짱이야~!
(엄지척) 너, 이런 것도 만들고 저~엉~말
훌륭하다~! 완전 짱이야! (엄지, 엄지, 척, 척)

(진지한 표정으로) 엄마도 책만 만들지 말고
다른 것도 만들어봐. 용기를 내봐. 용기는
뭐냐면 자신감이야. 그리고 아이디어가
중요해. 아이디어를 생각하고 용기를 내서
해봐. 그러면 할 수 있어. 나처럼 인형도 만들
수 있고.

아하하하. 그… 그래. 엄마도 용기를… 내볼게.
아하하하.

가짜 핑계를 대는 엄마 앞에서 매사 진심인 일곱 살의 너.
엄마는 정말 부끄러워진다.

121

23. 이노무 자식

그날 무슨 일이 있었는지 기억은 나지 않지만, 자두는
아기자두에게 훈계인지, 혼을 내는 것인지, 잔소리인지를
늘어놓았습니다. 하지만 아기자두는 억울한지, 황당한지,
동의가 안 되는지 불만이 가득한 얼굴입니다.

자두
(엄한 표정으로) 너 이노무 자식.

아기자두
(더 엄한 표정으로) 엄마가 더 이노무 자식이야.

으악⋯⋯!

아이의 말 속에는 부모의 언어 습관이 들어 있다.
늘 말 조심을 해야겠지만, 오늘은 정말 너를 꼭 안아주고
싶다.

추천의 글

추천의 글

좋은 어른과 자두네
이영숙(시인·문학평론가)

깨알 같다. 아니, 깨알이다. 작고 고소하고 톡톡 튀는 이야기들이 책의 어디를 펼쳐도 후드득 떨어진다. 어느 만큼은 아기자두와 아기호두였고, 어느 만큼은 자두와 호두였으며, 또 어느 만큼은 그 주변 인물이기도 했던 때로 깨알은 우리를 데려간다. 시공간을 넘나들며 우리는 자두네의 일원이 되어 책에 동참하거나, 울타리 너머에서 자두네 이야기를 즐기거나, 자두네에서 얻은 아이디어를 '토핑'처럼 각자의 일상에 얹어보기도 한다. 아무래도 인상적인 수평적 사유와 언어적 실천이 녹아나는 가족 간의 대화법을 가져다 화분에 심고 '일주일에 한 번씩 깨끗한 물'을 주기도 할 것이다. 책을 읽고 나서의 깨알 재미까지 우리는 챙길 건 다 챙기는 독자다.

궁금증이 없는 것은 아니다. 책의 제목은 『아기자두와 아기호두의 시』이고, 부제는 '어린이 말 줍줍 에세이'다. 과연 이 책의 장르는 시인가, 에세이인가. 혹은 시 같은 에세이인가, 에세이 같은 시인가. 자녀 양육 일지인가, 부모 '훈육' 일지인가. 시와 에세이를 내걸면서 작가는 이 책을 문학으로 보아달라는 강력한 주문을 이미 한 셈이지만, 그러나 책을 다 읽고 나니 저절로 알게 된다. 아, 에세이라는 형식에 시라는 내용을 담았구나! 지성이라는 정적 체계에서 출발하는 에세이와, 정서라는 동적 감응에서 출발하는 시의 차이는 어떤 면에서는 그대로 어른과 아이의 차이로도 이어진다. 규율로 사회화된 어른이 백지상태의 아이와 대면하면서 '반성'하고 '항복'하는 것은 기본적으로 그 차이를 줄이려는 좋은 어른의 표상이다.

　　다행이다. 자녀에 관한 한 자두가 완벽주의자가 아니어서. 「꿈마을」에서 아기호두가 '꿈마을'이란 길 이름을 듣고 현실을 꿈속으로 치환할 수 있었던 것은 전적으로 아기호두를 '아직 한글을 모르는 일곱 살'로 놔둔 자두의 덕분이다. 단답형이 아닌 자두네의 느긋한 대화 패턴을 보라. 아이들은 그렇게 길이 들었다. 부모가 대답을 종용해도 진심이 아니라면 울음을 터뜨릴망정 부모가 듣고파 하는 억지 대답은 하지 않는 아이들. 다행이다. 자두가 성과주의자가 아니어서. 즐겁게 뛰노는 가운데 아기자두와 아기호두는 상황의 본질에 가닿는 직관력을 얻었다. 정말 다행이다. 자두는 모성 뒤에 자기를 숨기지 않고 피로와 짜증을 솔직하게 드러냄으로써 아이들과 대등해졌고, '엄마, 인정할 건 인정해.', '엄마, 화가 나는 건 아픈 거래. … 침대에 누워서 좀 쉬어.’, 아이들은 의 젓해졌다.

　　사실 필자는 이 책 이전부터 자두와 인연을 맺어왔다. 자두는 만학도인 필자의 대학 동기로 학교에서 이미 절친이 었고, 졸업 후 몇 년간 같은 직장에 몸담았으며, 호두와 연애 중일 때도 자두는 가끔 필자를 깍두기처럼 끼워주기도 했다. 그들의 결혼과 출산에 함께 했고, 아이들의 드문드문한 성장 과정을 올린 페북에 진국으로 졸인 좋아요를 눌렀으며, 브런 치 카페에 연재된 「아기자두와 아기호두의 시」도 게재되는 족족 읽는 신분이었으니……. 이 과정에서 깨닫게 된 것은 무 엇보다 자두가 준비된 엄마가 아니라 준비하는 엄마라는 사 실이다. 이는 출판사를 차리기 위해 두어 개의 출판 관련 강 의를 겹쳐 듣고, 자신의 이름으로 된 책을 내기 위해 짬짬이 글을 쓰고 드로잉을 배워서 삽화를 그려내기까지 한 열정과 맥을 같이 한다. 심지어 글과 드로잉은 남매처럼 따뜻하고 창 의적이다. 출판인이자, 작가이고, 만능 엔터테이너인 자두는 부족한 것이 있다면 없는 시간을 쪼개 또 배움의 시간을 가질 것이다.

원고를 다시 한번 읽는다. 먼저보다 더 많은 깨알이 멍석 위에 수북하다. 누구는 가져다 음식에 솔솔 뿌리고, 누구는 기름을 짜고, 또 누구는 깻묵으로 발효시킨 친환경 비료를 어린 뿌리 곁에 한 삽씩 나눠 묻을 것이다. 튼튼한 줄기와 가지를 뻗으며 아기자두와 아기호두는 생장점을 한껏 밀어 올릴 것이며, 더위와 비바람과 추위를 꿋꿋하게 이겨낼 것이다. 일과 육아와 자아실현을 꿈꾸는 세상의 자두들, 공동육아에 참여하는 세상의 호두들, 그리고 아기자두와 아기호두를 둘러싼 세상의 이웃들에게 놀라운 영감을 주는 책이 될 것이라 믿는다.

아기자두와 아기호두의 시

초판 1쇄 인쇄 2022년 8월 29일
초판 1쇄 발행 2022년 9월 8일

지은이   맹현
펴낸이   맹수현
펴낸곳   출판사 핌
출판등록   제 2020-000269호 2020년 10월 6일

주소   서울시 마포구 신촌로2길 19, 3층
이메일   bookfym@gmail.com
전화   02-822-0422
팩스   02-6499-5422

편집   맹수현
교정교열   김은화
디자인   스튜디오 하프-보틀
인쇄   비쥬얼 봄

Special Thanks To
마포출판문화진흥센터 PLATFORM P
이영숙 시인·평론가
노영주 작가님

ISBN 979-11-975299-4-8 (03810)